Roldán, ni vivo ni muerto

Biblioteca Manuel Vázquez Montalbán

Biografía

Poeta, novelista, ensayista y periodista, Manuel Vázquez Montalbán (Barcelona, 1939 – Bangkok, 2003) forma parte del grupo de intelectuales indispensables para entender la segunda mitad del siglo xx. Autor multidisciplinar, fueron las novelas protagonizadas por su detective Pepe Carvalho las que lo convirtieron en un fenómeno narrativo transfronterizo. Ganador, entre otros galardones, del Premio Nacional de Narrativa, del Premio de la Crítica, del Premio Nacional de las Letras, del Premio Planeta y del premio italiano Grinzane Cavour, en toda su obra existe un vínculo común: la recuperación de la memoria a través de la crónica social. Fuera cual fuese el género que tratara, el objetivo de Manuel Vázquez Montalbán fue cuestionar el desorden del mundo desde una perspectiva galaicocatalana. Su muerte temprana dejó un vacío inmenso entre sus lectores, que suelen preguntarse «qué diría Manolo» ante cuestiones de índole política, económica, cultural y social.

Manuel Vázquez Montalbán

Roldán, ni vivo ni muerto

Planeta

Avinguda Diagonal, 662, 6.ª planta. 08034 Barcelona (España)
www.planetadelibros.com

Diseño de la cubierta: Booket / Área Editorial Grupo Planeta
Ilustración de la cubierta: © Joan Chito
Fotografía del autor: © Günther Bauer
Primera edición en Colección Booket: junio de 2022

Depósito legal: B. 8.505-2022
ISBN: 978-84-08-25875-9
Impresión y encuadernación: Liberdúplex, S. L.
Printed in Spain - Impreso en España

«A veces, mirando las cerezas que cuelgan de un árbol, una persona piensa que están maduras, que es el momento de cogerlas, y otra, al contrario, cree que están verdes y que hay que esperar a que maduren.»

Luis Roldán, *El País*,
12 de julio de 1992

1

J. L. M. tenía treinta quilos de más, P. N. F. de menos; en cambio L. F. G. resumía el peso justo y por eso era el portavoz del trío. Tendió a Carvalho un recorte de diario extraído de una carpeta de cuero que exhibía el repujado de dos escopetas cruzadas. Allí constaban los tres, J. L. M., P. N. F. y L. F. G., junto a P. C. B., M. D. F., L. G. T.,... hasta veinte nombres figurantes en una supuesta lista de beneficiarios de supuestas fugas de divisas del supuesto ex director general de la supuesta Guardia Civil, el supuesto Luis Roldán.

—Ustedes deben de ser muy ricos, de lo contrario no les permitirían las iniciales ni les regalarían tantos supuestos.

—Hemos trabajado como mulos —replicó apasionadamente J. L. M., pero el portavoz le hizo callar con una mirada y buscó en Carvalho la complicidad entre personas que jamás presumirían de trabajar como mulos.

—En efecto, somos muy ricos, señor Carvalho.

—¡Pues ya empezamos bien, me cago en diez...!

J. L. M. no parecía de acuerdo con la extraña oferta de confraternización de su portavoz y se peleaba consigo mismo, golpeándose un brazo con el otro y repitiendo varias veces me cago en diez y me cago en el copón, sin que esperara ninguna recepción para sus exabruptos.

—Somos muy ricos pero podemos dejar de serlo y todo por una tontería. Roldán nos engañó.

—¡Nos rodeó!

El portavoz estuvo a punto de responder contundentemente al gordo entrometido pero consideró que si seguía el juego de J. L. M, tal vez consiguiera silenciarle.

—Muy bien dicho. Es la expresión justa, aunque a usted, Carvalho, pueda sorprenderle. Nosotros formamos parte de un club de cazadores de Zaragoza, buena tierra para el conejo y la perdiz, pero pocas bestias más. El sueño de nuestra vida ha sido la caza mayor, pero con el utillaje y el *atrezzo* de los grandes cazadores de la historia.

—¡Guillermo Tell! ¡Hemingway! ¡Franco!

El portavoz pidió resignación a los cielos y a Carvalho.

—Conocimos a Roldán cuando era concejal socialista de Zaragoza y era una delicia de hombre, siempre empeñado en demostrarnos que creía en la propiedad privada. Se había hecho a sí mismo como controlador del trabajo de sus compañeros y eso enseña mucho, educa en la verdad de la condición humana y de la relación entre el trabajo y el capital. Venía de vez en cuando a nuestras cacerías. Era un hombre

franco cuando se encontraba a gusto y reía sin sentirse acomplejado por los dientes de oro. Le recuerdo cuando hacía chistes sobre el comunismo: «¿Sabéis lo que piensan los comunistas?: Todo lo mío para mí y lo de los demás a repartir.»

Se esforzaba mucho en decir que no había izquierda más allá del PSOE y que una izquierda como el PSOE era, para todas las personas moderadas, un bien de Dios. Cuando le nombraron delegado del gobierno en Navarra un día nos invitó a un almuerzo en Pamplona, concretamente en Hartza. Por cierto, ¿ha comido usted en Hartza? Si va, no deje de probar la merluza rellena de almejas o la perdiz en salsa...

—Demasiadas historias; donde se pongan unas buenas perdices rellenas de sus menudillos y con migas como hace...

El portavoz estalló.

—Me cago en los muertos... ¿Hablas tú o hablo yo?

Callose el gordo, no sin antes dirigir un gesto de resignación ofendida al delegado P. N. F. que permanecía en silencio, aunque sus ojos pequeños, siempre le habían dicho que incisivos, no habían perdido un detalle de las miserias del despacho de Carvalho, ni del espionaje de Biscuter, semioculto detrás de la cortina que abría camino a sus aposentos personales: la cocinilla, el retrete y un pequeño espacio para una cama turca que el propio Biscuter iba renovando de vez en cuando gracias a los contenedores. Carvalho señaló con un dedo al portavoz.

—Abrevie. Sólo me quedan veinte años de vida y presiento que diez en pésimas condiciones.

—En resumen. Queremos que encuentre a Roldán antes de que la Guardia Civil o el CESID o cualquier comistrajo de ésos dé con él y le obligue a cantar quiénes nos escondemos detrás de las iniciales.

—¿Por qué le entregaron su dinero?

—Nos dijo que quería comprarnos una reserva de caza en Kenia y picamos. Era el sueño de toda una vida.

—Qué sueño ni qué leches, Lisandro... ¿Y los cuernos de rinoceronte que prometió?

La L había desvelado su enigma y el culpable trataba de morderse la lengua ya inútilmente. Lisandro se había congestionado, como si el desliz le hubiera dejado desnudo ante los reflectores de los ojos de Carvalho. El hombre delgado y hasta ahora mudo interpretó a su manera el desconcierto del intelectual orgánico del grupo y resumió:

—Soy de Zaragoza. No hace falta añadir nada más. No tengo pelos en la lengua. Queremos a Roldán... ¡Ni vivo, ni muerto!

2

Cuerno de rinoceronte. El contrato con los maños se había cerrado tras una primera ronda de tapas aragonesas en El Rincón de Aragón de la calle del Carmen, dos o tres corderos y medio quintal de morcillas en El Asador de Aranda, copas en Boadas hasta que la muerte súbita los separó. Carvalho resucitó en Vallvidrera rodeado de pruebas de que el encuentro había sido real: la carpeta de piel repujada con las dos escopetas cruzadas, un cheque de tres millones de pesetas para viajes y primeros gastos y un griterío interiorizado en el cerebro, como si lo tuviera lleno de ácido úrico y de la cara del hombre delgado, P. N. F., que cantaba las jotas como si pesara cinco veces más. Especialmente recordaba una estrofa.

Por darle un beso a una moza
pagué de multa diez riales
no hi visto cosa más cara
poniendo los materiales.

El flaco era un fenómeno y un teórico en chilindrones, salsa recia que le va bien al pollo y al cordero, pero no a la ternera porque es bestia de textura demasiado áspera.

—Y no es una salsa ibérica o celtíbera, como dicen algunos cabestros etniocentristas. ¿Qué pinta entonces el tomate? Así de simple: pimientos, tomates, cebolla, aceite de oliva, un

vasico vino y jamón. Lo que tiene de ibérico es la concepción. Es una salsa seca, sin mariconadas.

Carvalho, mientras se duchaba, trataba de reconstruir lo ocurrido, desde esa desmemoria postetílica que le afectaba en los últimos años, como si ya no le quedaran neuronas virtuosas para recordar lo que habían hecho las viciosas. Cuerno de rinoceronte. Se tomó las pastillas contra el ácido úrico, contra la presión arterial, contra la depresión, contra la euforia, contra el estreñimiento y un plato de callos a la «florentina» contra el efecto de las pastillas, guisado tiempo ha y que se conservaba con esa voluntad de ruinas pompeyanas que tienen los callos en su gelatina. Tomate, mucha salsa de tomate. ¿Cómo guisaban los florentinos la tripa antes de que el tomate llegara de América? Fue al tomar el segundo vaso de 904, vino que podía permitirse a la vista de lo que cantaba el cheque, cuando connotó lo que significaba: «cuerno de rinoceronte». Roldán había propuesto a sus socios de Zaragoza el tráfico de cuerno de rinoceronte para fabricar afrodisiacos ecológicos, utilizando sus buenas relaciones con autoridades de Kenia que habían acudido a los Sanfermines atraídos por la lectura de *Fiesta* de Hemingway.

Una tertulia radiofónica ponía en duda que estallaran más escándalos de corrupción.

—Tú ya sabes, Pilar, que en agosto España no existe, y ahí tienes a los encausados más envalentonados que nunca. La esposa del ex director del Banco de España dice que a ver si se va a comparar estafar al fisco con ser «el violador del ascensor».

Al parecer casi todas las minas enterradas habían explotado y unas cuantas altas instancias del país habían demostrado su bondad natural: por ejemplo, estaba absolutamente demostrado que el cardenal primado no comía con los dedos y que el jefe del gobierno no tenía absolutamente nada que ver con la trata de blancas. En algo hay que creer, y en un país en el que está en orden de busca y captura el ex director general de la Guardia Civil, procesado el ex presidente del Banco de España y en la misma situación la ex directora del Boletín Oficial del Estado, los referentes virtuosos a salvo ayudaban a cuestionar la salvajada profética de que hay países que nacen para hacer historia y otros para sufrirla.

Se concentró Carvalho en el estudio del dossier «Roldán», y tuvo que superar su desprecio de los libros, para leer *Roldán, un botín a la sombra del tricornio* de Irujo, Mendoza y Macca sin poderse permitir el lujo de quemarlo porque podía serle útil en el futuro. Trazó círculos en torno a algunas frases premonitorias de Roldán: «A veces, mirando las cerezas que cuelgan de un árbol, una persona piensa que están maduras, que es el momento de cogerlas, y otra, al contrario, cree que están verdes y hay que esperar a que maduren. Ésa es la diferencia que puede existir entre Rafael Vera, que es mi jefe en el ministerio, y yo.» Subrayó citas, datos y muy especialmente todas las referencias a los «patas negras», grupo de guardias civiles de élite que Roldán había formado cuando se convirtió en director general de la Guardia Civil. Como todo gallego o posgallego, Carvalho tenía un pariente en la Guardia Civil ya retirado y taxista en Mondoñedo, pero hombre muy bien relacionado porque había cumplido destino en Madrid en la Dirección General como canguro de los niños de un alto cargo anterior a la era Roldán.

«Eso está hecho, Pepiño.» Así fue. El cuarteto principal de «patas negras», característica del cerdo ibérico de raza, tenía apodos que escondían sus nombres reales, pero todo el mundo los conocía. Los apodos formaban parte de la escenografía de sus secretas funciones y evocaban las mejores denominaciones de origen del cerdo ibérico «pata negra»: Jabugo, Cumbres Mayores, Cortegana y... Guijuelo. El apodo *Guijuelo* se separó de los demás y estimuló en Carvalho la secreción de hormonas de la intuición femenina. ¿Por qué todos tenían apodos correspondientes a «patas negras» de la serranía que separa a Huelva de Badajoz y en cambio uno de «pata negra» salmantina? *Guijuelo.*

3

—¿*Guijuelo*? ¿Supongo?

Tras la barra, el mocetón ha detenido el gesto de erosionar más que limpiar una copa y sus manos se adosan al frágil cristal como si le ayudaran a no caer al suelo.

—¿Madaleno?

—No. Pepe Carvalho. Detective privado.

—Date el piro, joputa, si no quieres irte de vareta.

¿Irse de vareta? Carvalho trató de recordar el argot carcelario y no le salía esta expresión.

—¿Podría ser amable y aclararme qué quiere decir «irse de vareta»?

—Cagarse encima. Diarrea, julai...

Un bar de tapas especializado en mollejas, riñones, asaduras, sesos, teta de vaca, cojones de toro, sangre frita, pies de cerdo, de cordero, casquería variada, en olor común a ajo, y a igual condimento olía el diploma avalador del dueño del establecimiento donde figuraba una fotografía de *Guijuelo* sorprendido por el fotomatón entre la primera comunión y ahora, con su cara de niño bestia velada por la contaminación atmosférica, tan espesa en los entornos de la Puerta del Sol.

—Le convendría hablar conmigo.

—Consuma y ya veremos.

—Póngame una ración de intestino de cordero.

—Usted sabe lo que es bueno. Flipe a gusto.

—Y una botella de Ribera del Duero.

—¿Entera?

—Entera, sargento.

Casi se le cuadró *Guijuelo*. La animosidad inicial fue sustituida por disciplina de barman, y a medida que Carvalho le iba hablando y subiendo metafóricamente los rangos de capitán, comandante, teniente coronel, coronel y general de taberna, *Guijuelo* fue amansándose. Terminaron sentados a la misma mesa, abiertos los corazones ibéricos esta vez sin ajo y asombrado *Guijuelo* de la capacidad de penetración de su interlocutor, un hombre que sabía comer, beber y mandar.

—Sargento, usted debía de estar hasta los mismísimos... de que los peores trabajos recayeran en usted. Presiento que le destinaron a infiltrarse en el hampa menor, la de los camellos sin importancia y drogatas terminales.

—Muy cierto.

—Eso explica su argot. El funcionario de prisiones acaba hablando como el preso. El policía, como el delincuente, pero... los chorizos más importantes del Estado siguen hablando como gentes educadas que no darían el disgusto a su madre de decir ninguna ordinariez.

—Es como si conociera mi vida. Yo era un guardia civil por vocación, hijo de cuartel como mi padre y mi abuelo. A mi abuelo le enterramos con el tricornio sobre el ataúd y mi padre ha pedido que hagamos lo mismo con él cuando la espiche. Roldán se cruzó en mi vida y me dio para poner este bar, pero en mi cerebro se instalaron las confusiones... Para empezar, aquellos consejos de la mujer del jefe sobre la necesidad de follar en primavera...

—¿Se refiere a la esposa psicóloga y a sus sugerencias sobre la conducta sexual de la Guardia Civil?

—No siempre se puede follar en primavera. ¿Y entonces? Pues más de un compañero de Tráfico o las parejas rurales se la han despellejado de tanta paja en primavera... Tampoco mis compañeros «patas negras» se portaron bien conmigo. Me amargaron, para empezar, con el apodo...

—*Guijuelo,* un excelente pueblo chacinero de cerdo ibérico «pata negra» pero que injustamente no tiene la reputación de otras denominaciones.

—Se mofaban de mí. De hecho, nunca me consideraron un «pata negra» legal. Tampoco mi trabajo era tan rentable como el de ellos, porque el director general siempre me tuvo en el subsuelo, como decía Fiódor Dostoievski.

Se miraron intensamente. Ambos sabían quién era Dostoievski.

—Tuve un ligue con una postsoviética en una misión que realicé en Estambul y me explicó quién era Dostoievski.

—Precisamente, desde su condición de «pata negra» infravalorado, usted tuvo que enterarse de muchas cosas. Los chulos tienen tendencia a menospreciar el oído que los escucha.

—Cuánta razón tiene. No se le escapa ni una. Yo conozco todos los tráficos que estaban en marcha. Se ha hablado demasiado del uso de fondos reservados y de las comisiones por construcciones de cuarteles, incluso del dinero distraído para los huérfanos de la Guardia Civil; pero las verdaderas fortunas que propició Roldán también venían de tráfico de armas, de las idas y venidas impunes de los traficantes de droga y...

—Fortunas que propició Roldán... Sargento. Ha hablado usted de fortunas, no de «la fortuna de Roldán».

Guijuelo miró a derecha e izquierda y se disponía a hablar cuando de una mesa cercana se levantó una pareja y se les acercaron propicios. Ella era rubita, evanescente y poca cosa. Sonreía. Poco. El era cejijunto y contrariado de nacimiento. Pero fue ella la que sacó la pistola del bolso y dejó el pecho de *Guijuelo* lleno de rojas flores de sangre.

4

Tras los disparos, la pareja retrocedió sin dar la espalda a los pobladores de la tasca mientras abarcaban los cuatro puntos cardinales de la Cafetería-Snack Guijuelo con la punta de sus pistolas. Los parroquianos no cumplieron ninguno de los modelos de conducta propuestos por el cine y por la televisión, es decir, ni se tiraron al suelo, ni se lanzaron sobre los agresores, ninguna mujer se abrazó a su marido mientras gritaba histéricamente. Carvalho no sólo comprobó satisfecho lo superficial de la influencia del cine y la televisión sobre la conducta humana en situaciones excepcionales, sino también que el instinto de supervivencia había provocado una esquizofrenia general y todos parecían estar sin estar, como si nada de lo ocurrido hubiera ocurrido. Sólo cuando los asesinos salieron sin perder el paso y Carvalho se hubiera inclinado para comprobar la vida o la muerte de *Guijuelo*, alguien le preguntó tímidamente:

—¿Verdad que ha sido con una «9 milímetros Parabellum»?

—¿Insinúa usted que ha sido ETA?

Empalideció el audaz Sherlock Holmes y se retiró casi a cuatro patas mientras proclamaba:

—No he dicho nada. A mí no me líe.

Guijuelo aún estaba algo vivo. Había abierto los ojos y poco a poco reconoció a Carvalho.

—¡Han sido ellos...! ¡«Los cerdos ibéricos»!

—¿Los «patas negras»?

Guijuelo negó con la cabeza, pero Carvalho lo perdió de vista porque le habían doblado los brazos, obligado a ponerse en pie, tenía ante los ojos un extraño carnet que quería parecer legítimo y legal a tan simple vista que asumirlo se convertía en una cuestión de fe y se sintió atenazado por musculaturas más jóvenes que la suya.

—Tranquilo, huelebraguetas... tranquilo... —le susurró una voz de tenor dramático al oído y apenas si tuvo tiempo de ver la calle, porque, entre la puerta de la tasca y el coche que le esperaba, un pañuelo se aplicó a su nariz y recordó su infancia, concretamente la anestesia de cloroformo, la operación de apendicitis y a su madre diciéndole: «Cuando te despiertes te tendré preparado un bocadillo de *fuet.*» Aquel buenísimo salchichón estrechito de su infancia de posguerra, hecho con carne de burro, decían los desafectos al régimen franquista. Cuando se despertó estaba sentado en una silla metálica, su madre no estaba, ni el bocadillo, pero sí un hombretón calvo más añejo que los otros tres hombretones que le rodeaban.

—Bienvenido a las cloacas.

Diez años atrás hubiera contestado algo gracioso, pero el olor a cloroformo le sabía a muerto y aquellos tipos le inspiraban alarma. El hombrón calvo tenía cultura, don de palabra y tal vez de gentes.

—Las cloacas del gobierno, del Estado, del sistema... ¿no es así como definen a estos lugares los intelectuales críticos?

—Allá ellos.

—Sin máscaras, Carvalho. Aquí se sabe todo. Usted es un anarcomarxista que odia los «fondos reservados». No sabe de qué va. Se ha equivocado de milenio.

Le pusieron en pie por detrás y se sintió suavemente empujado para seguir al jefe, mientras a sus espaldas se situaban los otros figurantes. El jefe caminaba con poderío y le habla-

ba sin darle la cara. Recorrían un ancho pasillo subterráneo jalonado por despachitos acristalados y cerrados dentro de los cuales se movían burócratas convencionales bajo luces lechosas, pendientes de si Valdano conseguiría un Real Madrid competitivo con el Barcelona F. C., el equipo de la burguesía catalana, y de vez en cuando de los ruidos y objetos que recibían a través de cañerías que venían del piso superior.

—Las cañerías de las cloacas. Cada despacho recibe información confidencial de los centros de poder de este país... Acabamos de pasar por uno de los dedicados al Ministerio del Interior...

—¿Lo sabe el señor ministro?

—Después de lo de Roldán prefieren no saberlo.

—¿Y antes?

—Lo sabían pero no se enteraban de nada. Barrionuevo, Corcuera... una delicia de ministros... «Ustedes no se sientan coartados. A pesar de que somos socialistas creemos que cualquier procedimiento es bueno para defender la democracia y...», en fin. Corcuera era muy fetén, el tío. Cuando alguien hablaba de algo relacionado con fondos reservados se llevaba los deditos a las orejas y se echaba a reír: «Yo no me quiero enterar, ¿eh?... Yo no me quiero enterar...» Y el tío venga poner la mano en el fuego por todos sus subordinados. Así está él, manco de las dos manos. No quería enterarse de nada. Ni aunque hubiera querido. Aquí hay otra lógica. Está usted en el planeta de los «fondos reservados».

Desembocaron en un despacho nada acristalado —al contrario, parecía un búnker sellado—, cerró la gruesa puerta a sus espaldas y el jefe le dio la cara para decirle:

—¿Está usted seguro de que Roldán ha existido alguna vez?

—Si se pone en un tono confidencial, ¿no le parece una horterada mantener a estos cuatro gorilas a mis espaldas?

—¿Qué gorilas?

Carvalho se volvió. Los gorilas habían desaparecido. El jefe, en cambio, sonreía y le tendía la mano.

—El teniente coronel... vamos a dejarlo en... Cigales...

Aquel tío o era un buen bebedor de claretes o era de Valladolid y, evidentemente, tenía don de gentes.

5

Cigales era una arquitectura cúbica bronceada culminada por aquella cabeza al cero, con los ojos negros y pequeños de interrogador enamorado de su oficio. Era un diseño perfecto de jefe de servicios secretos de la transición entre la modernidad y la plena posmodernidad. Había perdido los trazos de insensibilidad rígida, cínica y fría de sus colegas durante la guerra fría y de momento podía disfrazarse a su antojo, eligiendo cualquier tradición de las cloacas del pasado, antes de que le sustituyeran los jefes robóticos.

—Sus clientes son de risa. Tres ricachones de Zaragoza le encargan a un detective privado en decadencia que encuentre a un hombre que es el secreto más importante que tiene este Estado... ¿Se imagina usted que Roldán largara todo lo que sabe, por ejemplo, del GAL? Sus clientes son de risa y su investigación puede ser igualmente de risa.

—No tengo otros clientes. Ni otra investigación. Usted tiene todas las cañerías de todos los poderes de España. Mi deontología profesional me obliga a encontrar a Roldán. La de ustedes también.

—Sí... hay que encontrar a Roldán. Ni vivo ni muerto...

Se estaba riendo Cigales. Roldán, ni vivo ni muerto. Lo que Carvalho creía una tontería de P. N. F. empezaba a tener sentido.

—Eso ya lo he oído en otra parte. Y en labios de uno de esos clientes que según usted son de risa.

—¿Le parece una contradicción?

—Vamos a dejarlo en una paradoja.

—Es la consigna subterránea de búsqueda de nuestro ex director general: «Roldán, ni vivo ni muerto.» Hay una serie de situaciones previas que deben resolverse, por ejemplo archivar definitivamente lo del GAL... eso que ustedes llaman terrorismo de Estado.

—Los dos guripas condenados pasan a tercer grado...

—Lo del tercer grado es un eufemismo. Los únicos miembros del GAL identificados ya están neutralizados, condenados y purificados por la prisión. Están en el limbo y Roldán debe ir a parar al limbo. El GAL ya no existe. Roldán... Carvalho... no existe. Es idiota que trate de encontrarle. No existe como peligro, ni como víctima, ni como verdugo... Ha sido la excepción que confirma la regla de las cloacas: el silencio. Nosotros vigilamos y callamos. La obediencia ciega ha pasado a la historia, ahora sólo nos debemos a la «vigilancia ciega».

—¿Para qué?

—Por sí misma. Hay que tenerlo todo bajo control.

—¿Para quién?

—Nunca se sabe. Pero la información reservada siempre será necesaria y los fondos reservados también.

—Reservada ¿a quién?, ¿contra quién?

—Enemigos nunca faltarán. ¿De momento qué le parecen los invasores que nos vienen de los pueblos más roñosos de la tierra?

—¿Quiénes han atentado contra *Guijuelo?*

Touché. La bola de billar bronceada de Cigales se llenó de arrugas y sus palabras también.

—¡Esos hijos de...! ¡La madre que los parió!

—¿ETA?

—¡Qué coño, ETA! ¡Quién lo sabe! Esto es la anarquía. ¿Los del CESID? ¿Las ex fracciones privadas y rebeldes de todos los «superempresarios» de mierda que se han puesto a jugar al dossier y a Terminators? Esto se ha puesto perdido de servicios secretos laicos advenedizos y no hablemos ya de los de los religiosos. Aquí todos se metieron en la guerra del dossier y saldrán trasquilados.

—¿Pero éstas no son las cloacas del CESID?

—¿Éstas las cloacas del CESID...? Qué más quisieran ellos. Están que dan pena. Estas son cloacas modernas, con todos los adelantos... Las inauguró el ministro Serra, aunque ni él ni nosotros reconocimos que eran las cloacas... Constamos como «servicios reservados»

—¿Puedo saber qué ha sido de *Guijuelo*?

—Está reponiéndose en un lugar secreto... Es lo que debería hacer usted. Este agosto es muy caluroso...

—¿Si usted tuviera que encontrar a Roldán... dónde...?

El teniente coronel se había enfadado.

—¿Acaso usted duda de que le esté buscando...?

—En absoluto. Ni lo busca ni lo deja de buscar, sino todo lo contrario...

Cigales, sonriente y mudo. La audiencia había terminado. La puerta se abrió con una suavidad impropia de su tamaño y dos azafatas leves como jarritas de cerveza sin alcohol le invitaron a seguirlas con una sonrisa algo pálida por tanta cloaca, pero sonrisa a la postre.

—Recuerde el lema de la cloaca castrense, Carvalho... A los amigos el culo, a los enemigos por el culo...

Las muchachas ni se inmutaron por la grosería y todo fueron sonrisas y cuidado con el suelo que acaban de pasar la cera hasta que Carvalho traspasó una puerta que lo dejó en la estación de metro de Callao. Una vez ubicado, fracasó en el empeño de localizar en la pared el rectángulo de la puerta por la que había salido ante la atención jocosa de los viajeros del andén y luego la presencia coercitiva de un guardia de seguridad.

—¿Se le ha perdido a usted algo?

—Roldán.

Nadie estaba dispuesto a sorprenderse. El guardia de seguridad le tendió un papel doblado.

—Tal vez esto le ayude.

6

Quedarse demasiado tiempo con un papel en la mano en una estación de metro, aunque sea la de Callao, produce la sensación personal y transferible de que se está mal de reflejos. Cierto. Carvalho estaba mal de reflejos y tardó lo suficiente en desdoblar el papel y leer su contenido como para que el guardia jurado mensajero se esfumara saltando al primer convoy que pasó.

Roldán está en peligro, usted está en peligro. Hotel Suecia. Mesa escandinava. 1.30. Me identificaré.

LA CUARTA MUJER

Parecía un título de bestseller. Después de tanto plato ibérico, tal vez fuera desintoxicante una comida a la sueca en la que los pepinillos en vinagre, el eneldo y el salmón son, como el hombre, la medida de todas las cosas pequeñas. Cogió un taxi y al acercarse al hotel Suecia creyó ver a la esposa del procesado ex director del Banco de España, en chándal y haciendo *jogging*, por las aceras con tan buenas maneras que rebajó la sensación de calor que asfixiaba al detective. De pronto de detrás de las esquinas salieron veinticuatro fotógrafos jovencillos que asaltaron a la mujer con sus instantáneas. El taxista comentó displicente:

—¡Cómo se nota que son suplentes!

—¿En qué?

—Los fotógrafos de verdad de las publicaciones de verdad ya ni se preocupan por estos líos. ¿No ha oído usted lo que ha dicho el actual director general de la Guardia Civil?: «¡La Guardia Civil está harta de lo de Roldán.» Pues ya me dirá usted de lo de Rubio, que huele a naftalina. La prensa también está harta. Yo también. Por eso ahora envían a estos jovenzuelos, con contrato de aprendizaje para que se fogueen...

—En agosto nunca pasa nada.

—Y en septiembre... ¿Usted cree que la gente va a volver a la vida normal después de vacaciones y va a recuperar el interés por la corrupción? Eso ya está tan quemado como el franquismo, el antifranquismo, la minifalda y el luto de la Pantoja. No sé... no sé en septiembre... No sé de qué vamos a hablar en septiembre...

Tan preocupado y ensimismado quedó el taxista que no le devolvía el cambio. Cuando volvió al mes de agosto lo hizo con un cansancio premonitor de desastres otoñales.

—¿Se ha enterado usted de lo de Júpiter?

—¿Qué le ha pasado?

—Un asteroide de ésos, con tan mala hostia, le ha pegado una leche y le ha abierto un hueco tan grande como la Tierra. Cualquier día...

Reconfortaba encontrar de vez en cuando pesimistas de fondo, filosofaba Carvalho, hasta que se le fueron las neuronas hacia la conclusión de que el bufet del Suecia olía a Suecia, en abierta contradicción con una comensalidad de indígenas celtibéricos, exilados del veraneo de sus familias o secuestrados por el verano madrileño, con esos motivos tontos o angustiosos que suele encontrar el verano madrileño para que lo compartas, sin necesidad de que un asteroide amenace a la Tierra.

—Carvalho, ¿supongo?

Llevaba bajo el brazo el primer tomo del *Diccionario de Uso del Español* de doña María Moliner y lo mostraba ostensible-

mente a pesar de su peso. Hicieron la ronda en torno de las papillas piscícolas nórdicas y las ensaladas pálidas de aurora boreal. La mujer marchaba delante y permitió una observación morosa de Carvalho: tal vez se tratara de una hermana gemela de la ministra de Cultura porque iba en tecnicolor y parecía una gitana licenciada en ciencias improbables. Se sentaron con el volumen del diccionario dividiendo la mesita en dos hemisferios obligados a entenderse.

—¿Lo estudia por orden alfabético?

—Era la clave. María Moliner y yo. Yo soy la cuarta mujer de Roldán y María Moliner es la cuarta mujer por orden de importancia en la Historia de España.

—¿Las tres primeras?

—¿Se burla de mí? ¿Tan cerrado es su universo machista que desconoce los referentes imprescindibles de la mujer en la Historia, que no es lo mismo que la historia de la mujer?

—Le confieso mi desconocimiento del *ranking* obvio de las mejores mujeres españolas de todos los tiempos. Pero lo aceptaré, sea el que sea.

Ella recitó de corrido:

—Isabel la Católica, Agustina de Aragón, Dolores Ibárruri y María Moliner.

Era una ecléctica posmoderna. Llevaba los ojos muy pintados, también los párpados, y el cabello alternaba mechas verdes papagayo con el hermoso pelirrojo de Maureen O'Hara.

—¿El pelirrojo es su color natural?

—No, el verde. No me mire como un viejo verde. Pertenezco a Roldán y me envía *Guijuelo.*

—Se conforma con ser la cuarta mujer...

—Y la sexta o la décima... Quién sabe ya por dónde irán sus conquistas. Roldán es la mismidad del erotismo.

Se relamía los labios y ponía los ojos en blanco. Carvalho presintió que le iban las canciones portuarias, del mismo modo que a sus tres clientes aragoneses lo que les gustaba era la jota. El detective empezó a recitar, siguiendo apenas la melodía...

—Escúchame, marinero... ¡Dime! / ¿Qué sabes de él?...

Ella asentía y musitaba los versos siguientes de *Tatuaje:* «... era gallardo y altanero... / era más dulce que la miel...» Cuando «la cuarta mujer» llegó al cuarto Aquavit, cogió una mano de Carvalho y se la llevó a los labios. Le lamió la punta de los dedos, luego el pulgar, como si fuera un chupón de fresa. En la mesa de al lado tres viejos ex combatientes de alguna guerra civil contemplaban la escena aguantándose el marcapasos. Carvalho trató de retirar la mano, pero ella rugió y se negó a devolvérsela.

—En mi habitación tengo aire acondicionado.

7

Desnuda tenía el inequívoco aspecto de una ex amante de alguien muy importante durante la transición del franquismo al infinito, promocionada gracias a haber aparecido en alguna escena de cama de los libros de Paco Umbral.

—¿Lo dices por mis tetas? ¿Las has reconocido? ¡Paco las describe siempre, tan bien...! A Paco le gustaban mucho las tetas y el culo. Me ponía el vaso de whisky en el pompis. ¿Pero tú has leído a Paco?

—Lo leí en el pasado y no pasará agosto sin que queme uno de sus libros.

—¿Eres de los que odian a Umbral?

—No. Soy de los que queman libros.

—¡Tenéis cada aberración los tíos!

Nada había hablado de Roldán y mucho de las tres mujeres que la precedían en el usufructo del fugitivo.

—La primera, nada de nada. Esa es «la santa», la madre de sus hijos, la que le pone los calcetines y los calzoncillos hasta el día mismo en que se va de casa. Ésas han venido al mundo a sufrir y los maridos se dan cuenta en seguida. Tuvo que soportarle gordito y con dientes de oro. Luego viene Pigmalión, la Elisa Rodríguez López, esa que tanto os gusta a los hombres, que no pasa de ser monilla y está floja de caderas. Ésa le obligó a quitarse los dientes de oro, a adelgazar y a dejar de vestirse en las rebajas de Galerías Preciados. Pero detrás de esta apariencia convencional de amante oportuna, yo me huelo...

—¿El CESID?

—Por ejemplo. El CESID o la ambición, tal vez las dos cosas a la vez. O el espionaje judío o el serbio, que está a cien. Lo cierto es que la pájara se llevó un pico porque Luis no tenía un no para nadie y tal como le llegaban las maletas de dinero le salían por la otra puerta. ¡Piensa en cuando no tengas tanto poder y debas conformarte con un sueldo! Así le aconsejaron todas las mujeres que le rodearon y que estaban en el ajo o lo sospechaban, la propia Elisa, su secretaria Ester, Blanca, la legítima... Esa zumbada que recomendaba a la Guardia Civil que follase en primavera... No pasaba día sin que le dijera: tienes un hijo pequeño, ¿qué será de él el día de mañana si no guardas una parte de los fondos reservados? Luis era generoso. A mí me puso este piso con aire acondicionado, el sueño de mi vida, ¡el aire acondicionado!... con el calor que yo he pasado toda mi vida en la calle de la Escalinata, en la buhardilla que nos correspondía a los porteros, porque mi madre era portera y fregando muchas escaleras consiguió que yo llegara muy lejos. A Roldán le gustaba lo mucho que yo había luchado por la vida y también me abrió una cartilla en La Caixa, porque en cuestión de pelas sólo se fiaba de los bancos catalanes.

Todo en la habitación estaba a media asta, para empezar el saciado deseo de Carvalho, y los pezones de «la cuarta mujer» se habían ensimismado, refugiados en sus cuarteles de invierno. Carvalho quiso devolver la conversación a su intención original. Preguntó por *Guijuelo.*

—Saldrá de ésta. Nos adelantamos a todos los servicios secretos y eso le ha salvado.

—¿Quién ha atentado contra su vida?

—Me temo que un comando de fontaneros de la burguesía catalana monclovita. Las clases sociales se están reorgani-

zando para la lucha final. Todo el mundo tiene servicios secretos. En la Complutense montamos uno de los más avanzados (yo soy profesora de historia de la mujer, aquí como me ves), pero el rector se lo cedió al Banco Central Hispano a cambio de que financiara un invernadero. No tenemos demasiado tiempo. Tú has pasado por las manos de *Oigales,* es el jefe de los que el ministro Serra cree que son sus servicios secretos, pero le traicionan y le pasan toda la información al Opus Dei.

—¿Dónde está Roldán?

—Yo desconozco todo el rompecabezas, pero *Guijuelo* domina una parte importante. Es un negocio complejo que pasa por Zaragoza, Angola, el Caribe, Siria... *Guijuelo* ha podido filtrar una clave muy concreta: la tía María.

La mujer sacó unas fotocopias de la mesilla de noche. Dos entrevistas de *El País* con Roldán en sus años de virtudes públicas y vicios privados. Un reportaje se subtitulaba: «El éxito de un fajador», pero los ojos de Carvalho se dirigieron a un subtítulo recuadrado de una entrevista al director general poco después de que el comandante de la Guardia Civil Pintado se viera involucrado en un asunto de soborno a confidentes mediante trueque de droga. Roldán declaraba: «La tía María no entendería que al comandante Pintado le cayeran 70 años...» En otro párrafo, Roldán parece solazarse dando pistas a sus perseguidores del futuro: «Posiblemente no hay respuesta legal para infiltrarte en el mundo de la droga.»

—¿Pero lo de «la tía María» debe de ser una metáfora?

«La cuarta mujer» niega, con los ojos y los senos definitivamente cerrados mientras trata de ponerse un vaso lleno de whisky sobre su propio culo.

—María Lucerna. Torre España. El «pirulí» de Televisión Española. —Y añade como si lo comentara melancólicamente consigo misma—: Como Paco, ninguno.

8

Sonaron todos los pitidos posibles y dos guardias de seguridad se le acercaron disuasorios. Carvalho se vació de metales, pero el pitido siguió denunciándole.

—¿Lleva pastillas?

—Una farmacia.

El guardia le instó a que dejara en una bandeja todas las pastillas indicadas y contraindicadas que llevara en los bolsillos.

—¡Vaya salud!

—El corazón, los huesos, el hígado, la memoria, el futuro... cada una de mis visceras baila por su cuenta pero todo está bajo control.

—Allá usted.

Una vez superada la hostilidad de la máquina y el desdén de aquellos mozos nacidos para ser guardias privados de una entidad pública, Carvalho se dio cuenta de que no había pasado lo peor. María Lucerna no existía. Ni siquiera reduciéndola a Maruja, Maru, Mari, Ma... no salían las cuentas de personal y fueron convocados uno de los más antiguos de la plantilla de TVE y otro de los más nuevos, por si se trataba de una antiquísima empleada o de una recién contratada provisional.

—¡María Lucerna!

Evocó finalmente un ex presentador de telenoticias anteriores a la inauguración del Valle de los Caídos en 1959. Empezó a soñar el pobre hombre...

Soltanto la vita
soltanto i tuoi occhi.

Una furtiva lágrima desbordó el lagrimal agrietado del veterano.

—La emoción. Era una hermosa mujer que trabajaba en los departamentos de documentación. Italiana de origen... Vivía en España desde los años cuarenta y trabajó primero en Radio Nacional... pero creo recordar que murió poco después de que Franco nombrara sucesor a Juan Carlos... o no... fue después de la voladura de Carrero. Yo al menos no la he vuelto a ver desde la voladura de Juan Carlos... perdón, de la de Carrero.

No se le tuvo en cuenta el lapsus, aunque no escasearon las miradas severas o zumbonas, pero prevaleció el debate sobre la funcionaría perdida y la noticia de que había una desaparecida en Torre España ya había llegado a los más altos pisos donde los estados mayores discutían si los iba a echar el gobierno del PSOE para aplacar a las derechas o los echarían las derechas para aplacarse a sí mismas cuando vencieran al PSOE. Una tercera hipótesis era que una vez las derechas en el poder los conservarían en el puesto para molestar al PSOE.

—Tantos años insistiendo para que nos echen y luego nos ratifican. ¡Atención al dato! ¡Fino, finísimo!

Pero el optimista fue rodeado de melancolía y reducido al silencio.

Tal vez para salir del clima de pesimismo que convocaba nubes en torno de los más altos pisos del edificio, el mismísimo director general, Ramón Colom, se aplicó a solucionar el misterio de María Lucerna. A medida que bajaba hacia el zaguán, los ascensores se iban llenando de personal atraído por el enigma y por la decisión del jefe. Se puso al frente Colom de una comitiva a la que abrían paso los guardias de seguridad, y la cerraba Carvalho, complacido con el embrollo que había armado.

—Seamos a la vez deductivos e inductivos —propuso Colom—. Si era una documentalista, cuando se trasladaron estos servicios de Prado del Rey, ¿dónde se instalaron?

Hasta los guardias de seguridad elogiaron la perspicacia del director. En los despachos de documentación no sabían quién era María Lucerna, ni siquiera constaba en los archivos.

—Como no sea esa vieja que le canta al periquito.

Y a por la vieja fueron. La puerta de un despacho angular y casi inadvertible a simple vista se abrió y ante la comitiva apareció una anciana rodeada de fastuosas telarañas, diríase que tejidas con lanzadera. La mujer hablaba a un periquito de cabecita perspicaz asomado a las rejas de una jaula pequeñísima.

—En esta jaula más pequeñita cantas más, bribón.

Y el animalito empezó a cantar su protesta, mientras ella le secundaba con el esqueleto bailoteante bajo las guirnaldas de telarañas.

Al veintidue sognabo
ormai l'amore
con un fascista magro d'oltre Poo...

Los ojos azules pero enfurecidos de la anciana pararon los pies a la comitiva detenida en el dintel.

—¿María Lucerna? —preguntó Colom.

La anciana asintió con coquetería, como si lo aceptara pero no del todo.

—¡María, estás viva! —exclamó conmovido el presentador reliquia.

—¿Ha cobrado usted todas las pagas... las cinco anuales...? ¿Sigue en nómina? —demandó el director general, pero la mujer tenía otras curiosidades.

—Yo siempre he cobrado con «fondos reservados». ¿Son ustedes «flechas negras»?

9

Colom exigió tener un aparte con la vieja señora antes de que Carvalho pudiera hablar con ella. A los cinco minutos salió perseguido por los gritos de la mujer, que reclamaba la presencia del detective.

—¡Basta de disimulos! ¡Volvió la hora de los «flechas negras»! ¡Que pase el gallego!

El director general le dirigió una señal a Carvalho, instigatoria de que aplacara a la dama. No fue necesario. Dejó de arrullar al periquito para ofrecer todas las arrugas de su rostro y unos bellos ojos azules al que siguió llamando «gallego».

—Tú abres las puertas de mi exilio interior. Por segunda vez. Primero me mataron al Duce, luego murió Franco... De jovencita iba siempre a la piazza Venezia para oír los discursos del Duce, que tenía un gancho formidable con las mujeres, y se contaba que sólo con mirarlas las preñaba. No quedan hombres así. Pero todo nos devuelve la razón. Berlusconi será el Kerenski de la inevitable revolución fascista y Europa no tardará en seguir el ejemplo de Italia.

—¿Qué tiene que ver Roldán con todo esto?

—Luisico... pobre Luisico... ha sido el chivo expiatorio. Yo le conocí de pequeñico en Zaragoza porque su padre había sido falangista y estuvo en Italia desfilando con los «flechas negras» ante el Duce. Yo me fijé en aquel mozo español y le tiré unas flores que él recogió al vuelo. Tonteamos por

Roma en aquellos días triunfales, soñando que serían eternos... Cuando tuve que exiliarme a España fui a parar a Zaragoza, como otros fueron a Madrid... a Albacete... El destino. Roldán padre me ayudó y luego conseguí enchufarme como vosotros decís en Radio Nacional, más tarde en TVE y aquí sigo, olvidada de todos, desde que decidí ignorarlos al día siguiente de la aprobación de la Constitución en las Cortes en 1978. Yo he sido una exiliada interior, una exiliada interior más de una causa que en España nunca fue vencida sino ¡usurpada!

—¿Qué tiene que ver Roldán con todo esto?

—Cuando tiraron de la manta y los de *Diario 16* descubrieron las propiedades que tenía a simple vista, creyó que sus superiores le cubrirían, escarmentados por el precio que podían pagar por haber entregado a los del GAL, Amedo y Domínguez... Pero el país se había puesto puritano o lo habían puesto a base de teas encendidas de hogueras expiatorias que se cruzaban los más altos chorizos de España, para empezar, los del propio partido en el gobierno. Luisico fue escogido para pagar la factura ética en un desliz de Antonio Asunción, un ministro novato que desconocía todo lo que había debajo de las alfombras de Roldán y sobre todo debajo de las alfombras de los pisos de más arriba... Roldán había sido abandonado por todos los conjurados en una democracia de «fondos reservados». Sólo podía confiar en algunos «patas negras», en muy pocos testaferros y... en mí para poder huir y contactar con las poderosas amistades internacionales que se había granjeado.

La vieja dama cogió un bastón de bambú con la empuñadura de plata, se puso en pie y se fue hacia una pared. Se detuvo ante ella e instó a Carvalho a que la siguiera. Apretó la empuñadura del bastón y se corrió una puerta secreta, más allá un pasillo subterráneo y por él avanzaron, bajo una hilera continua de tubos de neón.

—Este túnel es sólido. Recientemente los servicios secretos de Antena 3 han abierto su propio túnel, pero no puede compararse con éste. Lo diseñaron camaradas «flechas negras» nada más ponerse en marcha los planes de trasladar a este lugar una parte de TVE.

Renqueante, la vieja avanzaba a una velocidad excesiva para Carvalho, acostumbrado a medir las distancias del mundo en relación con la que separaba su despacho del primer whisky, la primera tasca, el primer restaurante. Llegó ante una puerta cerrada con la respiración asfixiada

—Hágase mirar las arterias, gallego. Respira como si no

las tuviera —comentó la vieja antes de apretar un pulsador y abrirse la puerta a un vivero de jardinería.

Un rótulo no tardó en confirmar la ubicación: Plantas y Flores Claretta. La vegetación oxigenó los pulmones de Carvalho, pero la vieja no cejaba en su marcha tan acelerada como renqueante. Finalmente Carvalho le pegó una patada al bastón, y cuando la supuesta María Lucerna estaba a punto de romperse el esqueleto contra el suelo, la cogió por un brazo y le susurró al oído:

—Se vive solamente una vez, no me gusta correr ridículamente detrás de viejas, y he de encontrar a su Luisico.

No bien recuperado el equilibrio, se revolvió la anciana y dio un contundente bastonazo contra la espinilla de Carvalho. Cuando lo tuvo semiarrodillado, acariciándose la pierna maltrecha, inclinó hacia él las destrucciones de su cara y le advirtió:

—Todo a su debido tiempo. Has de tener paciencia histórica, gallego, y saber lo que puedes esperar. Nadie sabe cuándo ni cómo va a encontrar su propio camino de Damasco.

10

La airada anciana expulsó a bastonazos a las muchachas que cuidaban las plantaciones de un invernadero y cerró la puerta cuando Carvalho penetró en el santuario floral. Se sentó la mujer en un sillón Emmanuelle y ofreció a Carvalho un puf de mimbre que le dejaba casi a ras de suelo, frente a la entronización de diosa de la arpía «flecha negra». Estudió a Carvalho y el balance no fue del todo negativo.

—Has perdido fuelle físico, pero eres gallego como el Generalísimo y tienes mala leche. En realidad te estaba esperando, y aunque era muy escéptica a la vista de tu dossier, no sé... Tal vez nos seas útil. Todo estaba bajo control hasta que esos maños te encargaron encontrar a Luis. ¿Seguro que eran maños?

—No tenían acento retorumano precisamente.

—¿Qué sabes tú de acentos y fingimientos? Por los datos que has pasado de uno de ellos, el canijo podría ser uno de los inspiradores intelectuales de Los Cerdos Ibéricos.

—En España nos pierde la chacinería. Era más partidario del pollo o del cordero al chilindrón.

—Los Cerdos Ibéricos son un desastre. Se trata de un núcleo ultra nostálgico empeñado en cargarse a Luisico para dar ejemplo e iniciar así un año de cuchillos largos. Son nazis a la vieja usanza. El nacionalsocialismo se impondrá como resultado de la razón y forzando levemente la lógica demo-

crática mientras se descompone. Fíjate, sin mover ni un dedo, sin propagar ni una idea de las nuestras, la juventud espontáneamente va hacia el fascismo sin saber que es fascismo. Como esos que un día se dan cuenta de que han estado hablando toda la vida en prosa.

—He de cumplir el encargo de mi cliente.

—Lo comprendo, pero a nosotros nos interesa que llegues a Roldán porque últimamente ha enloquecido y ni yo misma sabría a ciencia cierta dónde está. Pero, por deducción, ¿dónde te parece que pueda estar?

—¿Cómo es Roldán?

—Físicamente ha mejorado mucho.

—Moral, psicológicamente.

La «flecha negra» se encogió de hombros.

—Vulgar, como todos los hombres de esta larga posguerra. No era un *condottiero*...

No. Había sido cronometrador de los tiempos de producción de sus compañeros de trabajo, hasta el punto de que le apodaban *el Relojero*. Los ingenieros de izquierda se habían dividido en los años cincuenta sobre la honestidad o deshonestidad de prestarse a la lógica taylorista de la producción, y mientras los maximalistas como Comín decían que no, los posibilistas ya defendían que la productividad mejora las condiciones de vida de la sociedad en su conjunto y el socialismo sería consecuencia del papel responsable de las fuerzas productivas. Pero Roldán además era un falso ingeniero, un falso economista y aprovechó su paso por la UGT y el PSOE, ya muerto Franco, para subir y subir, siempre tratando de crearse guardias pretorianas adictas, el «clan de los roldanes», en el seno del socialismo aragonés, los «patas negras» cuando alcanza la Dirección de la Guardia Civil. El alcalde Sainz de Varanda lo recomienda para delegado del gobierno en Navarra porque... «carece de ideología y de escrúpulos», cualidad indispensable, por lo visto, para cualquier delegado del gobierno, y un compañero de militancia socialista en Zaragoza lo describiría como un intrigante, silencioso en los actos políticos: «Nunca subió a una tribuna (para ser exactos le vi una vez en una asamblea), nunca escribió un papel, nunca explicó qué pensaba de la vida, cuál era su forma de ver los problemas del mundo.» La carencia de raíces ideológicas y teóricas le había permitido crecer dentro de aquel partido a la vez viejo y joven que se preparaba para ser alternativa de poder y necesitaba cientos de roldanes con el cronómetro en la mano, cientos de «relojeros» convencidos de que la modernidad comenzaba por poner bajo sospecha la finalidad, cuando no la existencia misma de la clase obrera. Cientos de mánagers de una política estuchada de izquierdista, pero que sólo se entendía como promoción personal. Sin ideas, sin escrúpulos, pronto los molestaría cualquier rastro de su pasada inocencia afectiva y simbólica y cambiarían de coche, de sastre, de peluquero, de esposa. «¡Que te calles, Angelines!», le habían oído gritarle a su mujer cuando a su juicio hablaba demasiado en las sobremesas...

La punta del bastón pasó ante los ojos de Carvalho.

—¿Sigue aquí o está en otra parte?

—Decía usted que Roldán...

—Sólo puede estar en dos sitios: o en Zaragoza, en alguna madriguera curándose sus heridas, o en Damasco, gozando a cien de la hospitalidad de tanto jeque al que ayudó en el tráfico de armas con la complacencia del gobierno español, del CESID... de todos los que consideraban que traficar con armas socialistas es más ético que traficar con armas fabricadas por un gobierno de derechas. Lo de Zaragoza es una corazonada, lo de Damasco... ¿por dónde te animas a empezar, gallego?

—Por Zaragoza, claro, pero antes he de pasar por Orriols.

11

Madrid fue una ciudad de un millón de cadáveres en los años cuarenta, según metáfora poética de Dámaso Alonso, angustiado ante la ciudad de la posguerra cruel, llena de señores feudales fascistas que pisoteaban todo lo que habían vencido. Luego fue la ciudad del millón de chalecos y de Fords Granada, cuando la democracia aupó al poder a los treintañeros de la década de los setenta que llenaron el vacío del franquismo con la sutileza del liberalismo céntrico, centrista y centrado. Actualmente era la ciudad de un millón de cloacas por las que circulaban las bandas secretas de todos los reinos de taifas del poder político, económico, militar, multinacional. Si el Diablo Cojuelo había destapado los techos de Madrid para sorprender la vida secreta de su humanidad barroca, más de tres siglos después habría que destapar las cloacas para entender el presente y predisponer el futuro de España. Soñó Carvalho en recorridos por cloacas hasta que una tromba de aguas sucias de residuos semisólidos le empujó a despertarse y a comprender que debía llegar cuanto antes a Barajas para coger el puente aéreo.

Su coche le esperaba en el aeropuerto de Barcelona amargado de que le adjetivase tantos años Ford Fiesta sin motivo, esclavizado en recorridos mediocres y aburridos. Pero esta vez iba al castillo de Orriols, en el límite entre el Alt y el Baix Empordà, donde Antonio Ferrer, antiguo cocinero y propietario de La Odisea, ejercía de cocinero y castellano para poner en marcha un restaurante fortificado servido de los productos de su huerto y de las materias primas del Empordà marinero y campesino. Aragonés y pinche de cocina en su infancia zaragozana, antes que fraile de alta gastronomía en Barcelona y el Empordà, Antonio cerró los ojos ante el muestrario de pastillas que Carvalho le enseñaba y dictó un menú reparador: entrantes de pequeños hojaldres rellenos de *escalivada,* huevas de merluza, croquetas de queso, láminas de buey frío al jengibre fresco, pequeñas tortillitas de patatas; a continuación una sopa de melón *gelée* al vino de Sauternes, acompañada del Sauternes correspondiente, calamares rellenos con gambas de Palamós, hojaldre de manzana con hígado de pato y su salsa en vino de Porto, queso rebozado y frito con confitura de níscalo y una tarta de chocolate madame Paula. Tras el Sauternes hecho a la medida de la excelente sopa gelatinosa, se centraron Ferrer y Carvalho en el 904 y en la conversación sobre lo que habían comido en el pasado, en el presente y en el futuro.

—Tu oficio y tu vida empezaron en Zaragoza y quiero que me digas: ¿dónde podría esconderse Roldán allí?

—A los once años rebañaba los platos de las tascas de El Tubo y así me costaba menos limpiarlos después.

Ferrer se puso a dibujar sobre un papel y luego mostró a Carvalho dos zonas delimitadas de su ciudad natal.

—Bajo el palacio Lanuza, donde estuvo el colegio Santo Tomás de Aquino de mi infancia, con el magisterio del insigne poeta Miguel Labordeta, se abren una serie de catacumbas y se dice que comunican subterráneamente las iglesias de la ciudad vieja y alguna llega hasta el río Ebro, junto al puente de Piedra. Verdad o leyenda, yo esas catacumbas las he visto... Pero el verdadero laberinto propicio para esconderse es el barrio de El Tubo, en realidad dos o tres calles a las que se llega por la de los Mártires y se prolonga hasta la calle de la Libertad. La calle de los Mártires desemboca frente al café cantante Plata, que aún está de muy buen ver, como el Oasis. Sobre el Plata, coincidiendo con toda su superficie, está el salón de futbolines y billares más grande de España o tal vez del mundo.

—Creía que los exagerados eran los andaluces y no los baturros.

—¿Baturro, yo? Los de Zaragoza somos maños, baturros los de Huesca y cazurros los de Teruel. A lo que ibas. En ese centro del Plata, los futbolines... o en la calle de la Libertad, allí se sabe todo lo que vale la pena saber en Zaragoza. Y si no captas nada, vete a ver a Poncio Almendros, un ex compañero de trapisondas de internado que tiene un establecimiento de ultramarinos, como su nombre indica, en uno de los quince pisos que posee en Zaragoza.

—¿Qué indica «ultramarinos»?

—Todo y nada. Pero si se tiene un negocio de «ultramarinos» en un piso... ¿a ti qué te parece? Poncio me abastece de lo más último de lo que pasa allí y fíjate en los recortes que me ha enviado de *El Heraldo de Aragón*, donde se describen devaneos amorosos y económicos del señor alcalde.

Carvalho pellizcó los titulares: «Triviño y su amiga mantienen contactos con el asesor que recomendó la depuradora.» «Una amiga del alcalde acumula en dos años un patrimonio millonario.» «Conmoción ciudadana por el caso de la amiga millonaria del alcalde.» «González Triviño: Mi relación con Agustina es afectiva, no mercantil.»

—¿Y se llama Agustina la moza? ¡Vaya imaginación!

Se guardó el dossier en el bolsillo y recuperó Carvalho parte de la lírica perdida para glosarle a Ferrer el buey frío al jengibre, el hojaldre de manzana al hígado de pato y la pequeña maravilla del brie frito acompañado de mermelada de níscalo.

—Y lo demás ¿qué? Bien te lo has comido... Y ahora... ¿a Zaragoza en agosto?

—Habrá que dividir esfuerzos para luego reunirlos. Zaragoza... Damasco... Antonio se puso poeta.

—Borges hubiera dicho: están bajo la misma luna...

12

—¿Y por qué yo a Zaragoza y usted a Damasco?

Biscuter había aupado su personalidad desde que en el verano de 1992, mientras Carvalho atendía el caso de «sabotaje olímpico», siguió un curso sobre sopas en una escuela de alta cocina de París. La indefinida edad reflejada en sus facciones de fetillo le permitía trasmitirle a Carvalho la mala conciencia por la subalterneidad de ayudante tan espabilado como infrautilizado.

—Cuando yo empecé, todos los casos me salían en L'Hospitalet o por ahí, Biscuter. Yo también empecé por abajo, por mucho más abajo. Tú empiezas por la capital de una comunidad autónoma, una ciudad gloriosa que resistió el cerco de Napoleón encabezada por Agustina de Aragón, su equipo de fútbol ha sido varias veces campeón de copa y ahora mismo representa al Estado de las Autonomías en la Recopa europea. Además, no queda a la zaga dentro de la Europa de los escándalos. No olvides que Roldán es aragonés, y aquí te entrego un dossier sobre posibles trapicheos del señor alcalde para que sepas por dónde pisas.

—Y usted a por una de las ciudades míticas de la Historia.

—Damasco ya no es lo que era.

Escogió Biscuter, resignado, el autocar como medio de transporte porque proyectaban *Risky business*, y Los Monegros eran de mejor pasar con Rebecca de Mornay en la pantalla, miniatura rubita que formaba parte de sus sueños eróticos, noticia que Carvalho restó del inmenso, casi total desconocimiento que tenía de la trastienda de su ayudante. Silbó Biscuter cuando Carvalho le dio doscientas mil pesetas para hoteles, dietas «... y otras infraestructuras», porque nunca había tenido tanto dinero en la mano. Fijaron un sistema de comunicaciones para cuando el uno estuviera en Damasco y el otro en Zaragoza y le emocionó que el jefe le acompañara hasta el pie del autocar en la plaza de la Universidad. Una furtiva lágrima se deslizó sobre la mejillita derecha de Biscuter cuando Carvalho le hizo un leve gesto de salutación en el momento en que arrancaba el autocar.

—Me gusta que vengan a despedirme —comentó Biscuter a su compañera de asiento.

—¿Viaja usted mucho?

—París... Zaragoza... es el no parar.

En la película salían un Tom Cruise jovencísimo y una casi adolescente Rebecca. Era una gilipollez bien contada y, sobre todo, allí estaba la nínfula de ancas breves y pechitos de artesanía. En cambio, la mujer que viajaba a su lado era joven pero rotunda como una samoyeda rubia.

—¿De vuelta a casa?

—No. Soy polaca y estoy haciendo un trabajo sobre chimeneas europeas. Ya tengo censadas las de Cataluña y ahora me voy a por las de Aragón: Echo, en Huesca, Castiello, en Jaca, Bergua, Buesa, Biescas, Santa Cruz de Seros, Allué, Linars de Broto... Las chimeneas de Huesca son de lo mejor que hay en su género.

Anochecía cuando llegaron a Zaragoza y a la polaca se le había subido el acento parecido al del papa a medida que sepultaba a Biscuter bajo los cascotes de las chimeneas peculiares del Alto Aragón. Consiguió escapar Biscuter, y según el plano de Ferrer que le había traspasado Carvalho fue a hospedarse en la calle de la Libertad y pagó una semana por

adelantado a un recepcionista cojo, de pata de palo, rareza de *atrezzo* que los mejores cojos españoles habían abandonado desde el Plan de Estabilización de 1959. Instalado en pleno Tubo, leyó concienzudamente el dossier de prensa que le había entregado Carvalho y se detuvo en un editorial de *El Heraldo de Aragón* en el que se insinuaban intrigas para que el periódico no tirara de la manta que cubría las desnudeces del señor alcalde y Agustina: «Habría dicho don José Marco, secretario general del PSOE aragonés, que al salir a la luz la curiosa historia de cómo se ha hecho de oro la amiga del alcalde Triviño, se ha roto lo que en los ámbitos políticos y periodísticos se suele llamar "pacto de la bragueta" o sea, que los asuntos afectivos de los cargos públicos están velados por la discreción que ha de rodear cualquier asunto privado. Se equivoca Marco...»

—¡Bien dicho! ¡Te equivocas, Marco!

Había tomado partido Biscuter, y decidido a hacer vida de barrio, se fue a cenar a Casa Tobajas. Llevaba el libro de Irujo, Mendoza y Macca: *Roldán: un botín a la sombra de un tricornio,* para inducir a la conversación y se lo puso junto a la olorosa ración de asadura de cordero a la aragonesa, plato que suponía inspiraría confianza al dueño o a los camareros a pesar del acento catalán que se le escapara. Pidió de postre unas tortas de Binéfar y fue entonces cuando guiñó el ojo al camarero y le señaló la ovoide cabeza de Roldán en la portada del libro.

—¿No habrá pasado este tío por aquí?

El camarero tenía prisa y apenas concedió un breve reojo al personaje mostrado.

—¿Quién es ése?

—Roldán, el ex director general de la Guardia Civil.

—Yo a ése lo tengo visto por Zaragoza.

—Fue concejal.

—¡Ah, coño! *¡El relojero!* Este tío tenía un tic y siempre estaba mirando el reloj. ¿Y dice usted que fue director de la Guardia Civil?

¡Qué desinformación!... pensó Biscuter mientras se hurgaba la dentadura con un mondadientes cónico. Pero volvía el camarero, esta vez con la amabilidad condicionada por una propina excesiva para sus méritos y con una curiosidad real.

—Pues yo a este tío le he visto hace poco... Ni dos días, fíjese usted. Estaba jugando al futbolín en El Plata.

13

Se prometió Biscuter entrar después en El Plata Cabaret pero el trabajo es lo primero en tiempos de paro o de trabajo precario y bendita la suerte de ser la mano derecha del mejor detective privado de España, aunque escasos fueran los beneficios de ambos. En los vastos salones dedicados a billares y futbolines, la humedad del Ebro competía con los vapores de los cigarrillos con poca nicotina, con mucha nicotina, cigarros farias peleones, farias de La Coruña, muy pocos canarios y alguna muestra simbólica de habanos. Se fumaba pues mucho en Zaragoza, dedujo Biscuter, dispuesto a sacar conclusiones que le ayudaran a percibir el alma de la ciudad. Poco le costó disimular o seleccionar los tipos que jugaban al billar o al futbolín, porque Roldán estuvo en seguida a la vista, afanado sobre un futbolín, defendiendo los colores del Real Zaragoza frente a los once muñequitos al espetón vestidos como el Barcelona, F. C. y manejados con desgana por una señorita vaporosa, poca cosa, rubia, cubierta de tules blancos y fumadora de cigarrillos de colores en boquilla de marfil. A Biscuter le pareció una dama distinguida, sin duda de la crema de la ciudad, con el valor añadido de que en este tipo de ciudades las cremas son espesísimas. Satisfecho por el símil culinario, reparó que su acompañante estaba en las antípodas físicas y espirituales. Maldecía el supuesto Roldán:

—¡Morded el polvo, separatistas catalanes!

—¡Ay, Luis! No sé qué morbo te da ganarme por treinta a cero... ya sabes que yo detesto...

—¡Ni una gota del agua del Ebro, ricachones! ¡Antes me orino yo en el Ebro hasta hacerlo imbebible!

Dudó en seguir su detallado estudio de las conductas exteriores antes de llegar a nuevas conclusiones y a la inevitable acción, pero decidió dejarse llevar por el factor sorpresa. Biscuter respiró hondo, y así como los cantantes de fondo buscan el aire que almacenan en los ovarios o en los cojones, según los sexos, él recurrió a lo más profundo de su subconsciente para decir conminatoriamente:

—¡Señor director general!

—¡Goooooooooooool! ¡Real Zaragoza, 31; Fenicia, 0!

Pero a continuación miró a Biscuter de reojo, sin soltar los mandos del futbolín, y exigió con voz de mando...

—¡Dígame y sea breve! ¿No ve que estoy ocupado?

—¿Admite ser el director general de la Guardia Civil sobre el que pesa una orden de busca y captura?

La mujer evanescente emitió una risita y Roldán soltó las barras del futbolín para provocar un estruendo de reclamo y se quedó contemplando a aquel desperdicio humano desde la rotundidad de su cabeza ovoide y los brazos cruzados sobre el pecho. Luego se encaró con los escasos mirones que tenía la escena y preguntó:

—¿Decidme, soy Luis Roldán?

La mitad respondió coralmente ¡sí! y la otra mitad del coro ¡no! Roldán parecía autocontenerse con dificultad y finalmente se metió una mano en el bolsillo de la chaqueta, sacó un billetero, del billetero cinco mil pesetas y las metió en el escote hundidísimo de Biscuter.

—Toma cinco mil pesetas y vete de putas.

Envalentonado por el desconcierto del desperdicio humano, se creció y bramó:

—¡Es la centésima vez que me preguntan si soy Roldán! ¡Es la centésima vez que proclamo: me parezco a Roldán porque todos los calvos altos y de cara larga nos parecemos! Eso es todo. Supongo que habrás visto los calzoncillos que usa Roldán en esas escenas sobre sus orgías que salieron en *Interviú*... ¿No?... Pues bien. Mira...

Se bajó los pantalones entre el regocijo general, y muy especialmente el de su dama, y mostró unos calzoncillos-*slip* negros con lunares blancos que nada tenían que ver con los que solía llevar el Roldán auténtico según el reportaje de *Interviú*. Avergonzado o convencido, Biscuter fue balbuciendo excusas y retrocediendo de espaldas como ante un emperador tronante. Las risas le persiguieron por la escalera y ya en la calle salió de El Tubo a todo correr. Se arrastró hasta el puente de Piedra allanado por la depresión. Tenía ganas de llorar y la presencia del Ebro le recordó el coro de *Gigantes y cabezudos.*

¡Por fin te veooooo! ¡Ebro famosoooo!

Se fue caminando hacia el Pilar, refrescado por una brisa que venía del norte, y al pasar junto a la Lonja sus ojos se adhirieron al corpachón de un hombre que atravesaba la plaza. ¡Otro calvo con cara de melón, como Roldán!, pensó, hasta que fijándose más en el andarín llegó a la conclusión de que se parecía tanto a Roldán como el falso Roldán que acababa de humillarle. Iba vestido deportivamente pero con elegancia, se movía menos percherón que el jugador de futbolín pero el parecido era cierto. Aunque vacunado contra ligerezas de la percepción, Biscuter hubiera abandonado el seguimiento de no acelerar el paso el caminante para meterse en una calle solitaria y detenerse ante una tapadera de boca de cloaca. Miró a derecha, izquierda, al cielo y a la tierra, justamente al orificio de la tapadera en el que introdujo una barrita de hierro en ángulo para desplazarla y luego desaparecer en la sima en busca del centro de la Tierra.

14

Le habría gustado llegar a Damasco inmediatamente después de la primera guerra mundial, junto a Lawrence, y haber presenciado la escenificación del cinismo imperialista anglofrancés rompiendo el espinazo de los árabes y estimulando su taifismo para hacerlos inofensivos... de momento. Un largo momento porque la imposible nación árabe fue vigilada desde las garitas de los franceses, los ingleses, el Estado de Israel después, garita delegada del nuevo emperador tras la segunda guerra mundial: los Estados Unidos. Pero este discurso de catecúmeno de célula años cincuenta o sesenta ya no le pertenecía y en cambio Damasco y Samarcanda le aparecían como los dos centros de un imaginario al que contribuía el *fauve* tecnicolor de Hollywood años cuarenta, pero también la cultura libresca que no le había abandonado del todo. Y el taxista era de novela inglesa escrita por un colonialista moderado. Le quitó más que le pidió la maleta y casi le empujó para que se introdujera en su Renault 25. Ni tuvo tiempo Carvalho de comprender por qué, salvo en los países árabes más feudales y petrodolarizados como el de Abu Dabi, los aeropuertos nunca están a la altura del imaginario. El taxista conducía como un turco, un tailandés, un brasileño o un español pijo borracho, pero sin duda era hipertenso porque no quería desperdiciar ni un segundo.

—¿Españolo, no? No se me van los españolos... todos finischen por ser amicos... ¡Miles de amicos españolos! ¿Hotel? ¿Compras? ¿Roldán?

El taxista habían pronunciado el apellido Roldán dentro de un inventario de oferta neutra, como si fuera lo más lógico proponérselo.

—¿Pata negra? ¿Cerdo ibérico? ¿CESID? ¿Opus Dei? ¿Universidad Complutense? ¿Burguesía catalana?...

—No capisco, españolo. Hotel, compras, Roldán...

—¿Por qué Roldán?

—Todos los españoles que vienen a Damasco preguntan por Roldán, y lo tenemos preparado en un establecimiento muy bonito del Damasco moderno, en el barrio Mazraa... Roldán allí habla, habla mucho. *Off the record...* Todo *off the record,* españolo. Podemos hacerlo todo, españolo, por treinta dólares...

Estudiaba la reacción de Carvalho a través del retrovisor.

—Veinte, sólo veinte, españolo... te llevo al Kassiun para que puedas contemplar Damasco, luego la ciudad vieja, la moderna, compras... bordados, vasos de cristal tallados, marquetería, cobres repujados, muebles incrustados de nácar... muebles de madera de naranjo, españolo, ¡huelen a flor de azahar!, joyas de plata hechas por los nómadas, alfombras persas anteriores al Sha y al Jomeini, kilims del Irak o kurdos, más baratos que en Bagdad o en el Kurdistán turco... luego Roldán... el hotel... una cena en el restaurante de un amigo, un hermano, cerca del palacio de Azem... paella a la cordobesa... muchachas... ¿muchachos? Abu te lleva... Todo completo... El Kassiun, Roldán y el hotel. Veinte dólares.

—Veintidós. No quiero quedar como un explotador en las relaciones Norte-Sur.

Como si se tratara de una orden militar, el taxista sobrevoló Damasco bordeando los barrios viejos y gritando el nombre de los lugares de interés que iban ensartando sin que Carvalho pudiera reparar en ellos. Pero la presencia de la

montaña dominaba la ciudad y los ojos tropezaban con su silueta cónica a cada bocacalle, como un referente magnético. Se encaramó el taxi por las laderas y al llegar al mirador frenó, saltó del coche, abrió la portezuela a Carvalho y le ofreció los cuatro horizontes.

—Damasco, el centro de la Tierra... A ochenta kilómetros el mar, Beirut... por allí Alepo la bella...

Carvalho contemplaba la ciudad polimórfica que le crecía a la montaña como una falda de *patchwork* dominada por los blancos dorados y las vegetaciones esmeraldas por el atardecer, las cornisas descendientes y talladas por una decisión ciclópea, la retícula laberíntica de la ciudad vieja, las casas cúbicas con los mechones de vegetación brotándoles por el patio central a cielo abierto... El taxista estudiaba las emociones de Carvalho.

—¿Hermosa? ¿No es verdad?

Asintió Carvalho, pero ya estaba recuperando el sentido de finalidad en el que había sido educado por la Iglesia católica y por el marxismo-leninismo e impuso:

—Roldán.

Si la ascensión había sido de Gran Premio de Montecarlo, el descenso fue a lo Indurain antes de casarse. Ocupado en temer por su vida, Carvalho tardó en comprender que habían llegado al establecimiento prometido. Fue la portezuela abierta por Abu y el asalto de los comerciantes que le hablaban en francés lo que le indicó que había vuelto a nacer. Abu dictó a la oreja del mandamás los deseos fundamentales de su pasajero y el mandamás, con una elegancia de príncipe otoñal del desierto según el modelo Omar Shariff, le propuso en un castellano de Valladolid antes de que fuera capital autonómica:

—¿Empezamos por don Luis Roldán, caballero español y cristiano?

15

El bazar ocupaba dos casas viejas unidas pertenecientes al antiguo urbanismo francés partidario de la ciudad-jardín para los ocupantes colonizadores y de la cashba para el buen salvaje local. El cartesiano barrio residencial estaba amenazado ahora por los altos edificios organicistas, funcionales o pretenciosamente posmodernos envejecidos en plena juventud. Atravesó dos patios que parecían alhambrinos tras dejar atrás exposiciones sucesivas de cristalería, alfombras, cobres, bordados y pieles repujadas presididas todas ellas por el retrato descolorido de Hafed al-Asad sobre la bandera del Baas. La excursión tuvo su premio. Rodeado de un muestrario de cuanto se vendía en la tienda y de un puchero del que emanaban efluvios de té con menta, Luis Roldán permanecía sentado en un trono de opereta vienesa o de zarzuela española de las características de *La Generala.* Cejialto y displicente, como un sultán de película orientalista italiana de bajo presupuesto, Roldán le hizo una seña para que se le acercara y sin más le tendió una fotografía dedicada que sacó de un bolsillo de su chaqueta almacén de sí mismo. En la foto Roldán juraba su cargo en presencia del ministro del Interior, José Barrionuevo, y del rey de España. La dedicatoria era de escritor de éxito en los grandes almacenes: con afecto... y, eso sí, *en la ciudad de Damasco.* Quedóse Roldán a la espera de que Carvalho dijera algo, y como nada le oyó, se lanzó a un discurso progresivamente airado.

—Durante más de siete meses he venido escuchando los más feroces insultos, los juicios y condenas más abominables. He sentido que vivía en un país para algunos sin ley, pero aún más, los insultos han ido más allá de mí, han ido a familiares que nada tienen que ver con mis responsabilidades, y a mi legítima esposa se la ha acusado poco menos que de ninfómana, porque desde su condición de psiquiatra de la Guardia Civil trató de inculcar costumbres sexuales sanas en un cuerpo antaño acusado de todo tipo de rancios y sarros. Señor presidente, he percibido unas gratificaciones por mi esforzado trabajo en la punta de lanza contra el terrorismo separatista vasco, siempre a las órdenes de mis superiores, que ahora no quieren reconocer esos extras porque eso significaría reconocer lo que ellos recibieron. Por todo ello y a la espera de que la equidad vuelva a España, yo, Luis Roldán, caballero español y cristiano, como me enseñaron a ser las banderas de mi juventud, me acojo a la hospitalidad del providencial Afed al-Hasad por intercesión de su hermano y de mi amigúete Al-Kassar, al que ayudé a hacer buenos negocios, así como al

Estado español traficante de armas, con la ayuda de ese genio de los fondos reservados que se llama Paesa. Nada más tengo que decir. Me niego a aceptar ni una infamia más.

Un aplauso cerrado iniciado por el mandamás y secundado ante todo por el taxista acogió el discurso. Roldán levantó los brazos en demanda de silencio.

—Y ahora quiero dirigirme preferentemente al rey de España y entro en detalles irrefutables que demuestran que cuanto hice tuvo el visto bueno de mis superiores. ¡Graciosa majestad, querida reina Sofía, adorable príncipe, bellas princesas, mi querido Luis María Ansón! En el mes de enero de 1990 comimos en el restaurante El Cenador de Salvador, Corcuera, Vera, Colo y yo, y en esta comida Corcuera dijo que estudiaría una fórmula compensatoria, porque me estaba quedando en los huesos, más calvo que nunca, y los pocos cabellos que me quedaban, blancos. A finales de enero tenemos otra comida en el restaurante Los Molinos de Algete y Corcuera me dice que el presidente González ha dado su consentimiento para que me den pasta gansa, cinco millones todos los meses, hasta llegar a ciento veinticinco. En diciembre de 1991 empiezo a recibir diez millones de piastras todos los meses y así hasta mi cese. Santa Rita, Rita, lo que se da no se quita. ¿Se sorprendería su graciosa majestad si le comunicara lo que me dijo Corcuera a propósito de Rafael Vera? Pues que de junio a diciembre de 1993 se habían gastado dos mil millones en fondos reservados, que ahora me quieren colgar a mí, y así ellos darse al piro y a presumir de honrados. Como dijo el clásico, majestad, del rey abajo, ninguno, y espero justicia de vos, en gracia que espero merecer del recto proceder de su majestad mediante esta instancia en la que estampo la antigua, leal, noble póliza de tres pesetas.

Esta vez fue el delirio, bravos, bises, mientras Roldán se secaba el sudor de la frente y preguntaba con los ojos si había estado bien o no.

—Es que a veces se me traba la lengua, como el otro día cuando vino la tuna de Zaragoza y a cada punto y aparte me cantaba aquello de: «El vino que tiene Asunción, ni es claro ni es tinto ni tiene color...» ¿Satisfecho, caballero?

—¿Podemos tener un aparte?

Roldán interrogó con los ojos a los responsables del bazar. El mandamás extremó su sonrisa y su obsequiosidad.

—Primero unas sedantes tazas de té a la menta, caballero español y cristiano, luego unas compras y finalmente...

Abrió las manos como si fueran palomas en vuelo.

—Don Luis Roldán será todo suyo.

El taxista quiso ir más lejos.

—Es el mejor Roldán de todo Damasco.

Nunca lo hubiera dicho. El mandamás le abofeteó.

16

Para consolar al humillado Abu y para sonsacarle, preguntóle Carvalho qué se podía beber en Damasco sin ofender al profeta y Abu le contestó que gracias al baasismo tanto Siria como Irak se habían salvado del integrismo chiita.

—Si ganan los fanáticos, españolo, se acabó el turismo, se acabó taxi, se acabó Abu. Yo creo en Alá y en Mahomed, su profeta. Pero no creo en los curas.

—En España suele pasar.

—Los curas sólo piensan en esto.

Con la mano desplegada, Abu trazó un triángulo de la bragueta al bolsillo del pantalón y de allí al estómago. Era la Santísima Trinidad universal del materialismo grosero. Depresivo estaba el taxista y sólo dejó de estarlo a la tercera copa de *arak,* aguardiente de vid perfumado con anís de Damasco, profusamente degustado en algo parecido a una taberna donde la arquitectura orientalizante parecía demasiado escenográfica, como si el arquitecto hubiera imitado los decorados de Hollywood para películas orientales. No se bebía otra cosa que *arak.* Ni se olía a otra cosa. A la quinta copa, Abu le dijo que actuaban en Damasco hasta dieciocho Roldanes contratados por los bazares para atraer clientes españoles.

—¿De dónde han salido esos dieciocho Roldanes?

—Es un misterio. Todos se parecen. Hablan de lo mismo

y con parecida voz y si les pagan un extra enseñan los calzoncillos. ¿Es una vieja costumbre española?

Carvalho le informó con gravedad:

—España se divide en un cincuenta por ciento de hombres que se visten por los pies y en otro cincuenta por ciento que se bajan los pantalones.

Más asombrado que escandalizado quedose Abu y ya en el extremo de la confidencia le reveló el secreto mejor guardado de Damasco.

—Se dice que el verdadero Roldán habita escondido en uno de los palacios de Al-Kassar, protegido por altos cargos del gobierno.

—¿El propio Hafed al-Hasad?

—No, el gran líder está por encima de las miserias y tal vez por eso a veces le rodean miserables. A cambio de que los ricos no le compliquen la vida, Al-Hasad los deja ser cada vez más ricos e igual hace con los altos cargos del Baas.

—Llévame a donde esté el verdadero Roldán.

Se puso en pie Carvalho para forzar el seguimiento de Abu, pero el taxista no sólo permanecía sentado sino que algo parecido a un pánico respetuoso o a un respetuoso pánico se había instalado en su rostro. Hasta ellos había llegado el mandamás del bazar desechado, seguido de dos muchachos que parecían recién salidos de un ballet flamenco español y dispuestos a batir palmas o dejar la cara de Carvalho y de Abu como un mapa. Imposible preocuparse por Abu porque había desaparecido desafiando las leyes de la sustantividad de los cuerpos. El mandamás se presentó.

—Mi nombre es Abdul-Karim Moaz. Pasamos a otra fase de nuestras relaciones, caballero español y cristiano. Es usted mi invitado a un banquete en el palacete de los jardines de Abu Jarak. Olvide al taxista... Son nómadas, como los camelleros.

Era un hombre cincuentón con el cabello rizado gris y

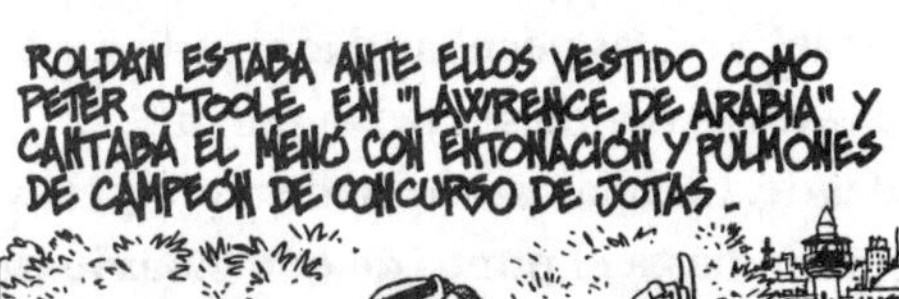

blanco, facciones convencionales de tuareg de buena familia y delicado de ademanes aunque Carvalho hubiera jurado que se pasaba de colonia Farenheit porque el local había dejado de oler de pronto a *arak* y se había conseguido una síntesis de aroma de purgante. Un Cadillac formato limusina aparcó al lado de la mesa y Carvalho penetró en el coche más grande que jamás había visto, con frigorífico, bar, televisión, teléfono y un aguamanil de plata y oro.

—Los franceses llaman a nuestra cocina sirio-libanesa y se creen que la descubrieron ellos. Lo cierto es que hay una cocina común que va desde la costa turca hasta Siria, cubriendo el Líbano, Israel, con las peculiaridades judías... pero en Beirut y en Damasco es donde se cocina mejor.

Las ruedas del Cadillac parecían de terciopelo y la suspensión de algodón, hasta el punto de que cuando entraron en un jardín apenas percibió el crujir de la gravilla. Le esperaban palmerales, setos de arrayanes, naranjales bordes, rosales damasquinos, albaricoqueros, nogales, olivos, en combinación con un subtrópico de plataneras, marquesas e *Hibiscus* gigantescos. Bajo un porche estucado, la mesa, cubierta con los reclamos del bufet sensorial respaldado por el ritmo sonoro de aguas secretas, presentidas muy cerca, saltarinas, surtidoras, escalonadas, aguas heladas como las del legendario río Barada, padre de Siria, que a Carvalho le abrían el apetito. ¿Roldán?

—Mañana será otro día —le dijo.

Un aplazamiento imposible. Roldán estaba ante ellos vestido como Peter O'Toole en *Lawrence de Arabia* y cantaba el menú con entonación y pulmones de campeón de concurso de jotas.

—Anfitrión e invitados...

Ésta es mesa principal
llena de muy buen yantar
pensado para regalar
al paladar más sensual.

Y sin esperar aplausos, declamó de corrido:

—Entrantes: kobbes al limón, mehshi de berenjenas, hojas de viña y coles, hommos tehine, fatayer, brocheta de shawarma, kibbeh y una especialidad jordana, el Mulokhiya con pollo y cordero. Después... hay que empezar a comer de verdad...

17

Desde niño le habían horrorizado las cloacas, escenarios tenebrosos donde los hombres van al encuentro de su propia mierda y del miedo a ser ratas. Pero era su norma vencer los prejuicios y así había conseguido grandes éxitos en la vida, como degustar hígado de pato sin pasar por la educación previa de probar bocado de hígados menos comprometidos, como el de cordero. Así que Biscuter se acercó a la boca de cloaca zaragozana por la que había desaparecido el supuesto Roldán y la primera dificultad consistió en desencajar la tapadera. En vano metía su dedito más dotado por el orificio central, lo doblaba y tiraba sin conseguir otra cosa que el dedo se le echara a llorar. Pero cercano un contenedor, supuso que si era un experto en hallar maravillas en contenedores de Barcelona, podría adaptar sus reflejos a los contenedores de Zaragoza. Entre basuras y arqueologías consiguió encontrar un tubo de hierro que le sirvió como palanca y empleó a continuación su pie más atrevido para impedir que la tapadera, en su caída, volviera a sellar la sima. Lo consiguió a costa de una cojera que le duraría lo que el resto de su estancia en Zaragoza, e imponiéndose al dolor, venció la tapa y el miedo al descenso. Una escalerilla metálica incrustada en la pared del pozo le permitió bajar hasta un primer nivel en la justa penumbra que permitía la relativa cercanía de la farola de la calle. Adaptados sus ojos a la oscuridad y sus narices a un olor a mierda suave, lenta y dulce, mierda disentérica más líquida que sólida, vio claridades al final del túnel y hacia ellas avanzó por estrechas aceras que enmarcaban un río invisible al que temía como si se sintiera fatalmente atraído. Fue una victoria psicológica y moral llegar a las claridades, porque allí el escenario era visible y casi con bellezas de ilustración de novelas subterráneas o de películas en blanco y negro llenas de presentimientos en claroscuro. Las aceras se ensanchaban, las aguas parecían inocentes salvo en el momento de caer desde una catarata para formar remolinos viscosos y espumeantes. Más allá de la catarata se agrandaba y empequeñecía una sombra humana, como si al compás de los pasos y de una linterna cambiara de estatura. Se puso Biscuter a su estela y cuando tuvo al hombre en su campo de mira le agradeció que fuera el supuesto Roldán, aunque muy cambiado de porte, y se sintió contento de no haber descendido en balde a aquellos infiernos pestilentes. Dobló Roldán una esquina y se introdujo por una hendidura ojival y lo mismo hizo Biscuter para descubrir que más allá de la ojiva las cloacas desaparecían y el escenario se parecía a los sótanos de la Casa de la Ciudad de Barcelona con sus muy disminuidas ruinas romanas. Estaba entre arqueologías de catacumbas y el secano le tranquilizaba, así como la esperanza de encontrar otra salida al final del seguimiento que no requiriera desandar lo andado. Pero tuvo que esconder la escasez de su cuerpo porque el hombre se había detenido y la luz de su linterna se cruzaba con la de otra linterna y dos hombres más totalizaron la reunión. Las voces reverberaban y Biscuter tuvo que acercarse para entender lo que decían.

—Hay que empezar a comer de verdad —dijo el supuesto Roldán.

—Déjate de jugar a las consignas. Aquí podemos hablar tranquilamente.

Una de las linternas fue encajada en un nicho y el haz de

luz circunscribió a los tres tertulianos. Biscuter recurrió a la sangre fría de su pasado anfibio —lo había leído en un suplemento dominical de *La Vanguardia*— para no emitir uno de esos grititos que tanto perjudican en situaciones en las que más se debiera callar. ¡Eran tres Roldanes! A tan escasa luz difícil era encontrar lo que los diferenciaba y asombrosas las coincidencias entre sus rasgos, gestos, poses, voces. Uno de ellos sacó un paquete de cigarrillos e invitó.

—Yo sólo fumo puros.

—Se acepta la invitación.

Tres puros de pestilente humareda contradecían el antitabaquismo lógico en aquellas ruinas romanas y les otorgaba un cierto aspecto de fumadores clandestinos refugiados en las catacumbas en el transcurso de una feroz persecución antitabaquista.

—El cerco se estrecha.

El Roldán que así hablaba era el que había humillado a Biscuter en los futbolines, y siguió humillándole:

—Ya envían a cualquier cosa. Esta noche se ha atrevido un alfeñique a presentarse en los futbolines del Plata a preguntarme con toda la cara si yo era el Roldán que estaba bajo orden de busca y captura. Me lo he sacado de encima como he podido...

—Cada uno de nosotros podría contar historias parecidas. Nos contrataron para esto y no fue mal contrato. Lo único realmente desagradable es el lugar de citas.

—No entiendo por qué nos pasamos la vida por subterráneos, viejos o modernos, cloacas o catacumbas. Me gustaría saber en qué lío estamos metidos... quién mueve los hilos y para qué...

El de los futbolines estaba preocupado e indignado.

—Además, el alfeñique ese me ha chafado un plan con una titi.

—¡Qué morbo tiene esto de Roldán! Yo no doy abasto. Ya me han salido tres viudas dispuestas a esconderme en su casa y a regalarme los calzoncillos de su marido por estrenar.

—La mía no era viuda, pero también va de neura. Me ha reprochado el haberla humillado, porque le he dado un billete al feto y le he dicho: «¡Vete de putas...!» «Pues yo me voy a ligar con "gente normal", en la discoteca del Corona de Aragón...», me ha dicho la titi, con muy mala folla.

18

—Dentro de una semana, otra vez aquí, si el jefe no da contraorden.

—¿En qué dirección vais?

—Centro.

—Pues voy con vosotros.

Siguieron por las catacumbas, que de pronto se ramificaron en túneles y salas de cemento de hechura reciente. Los tres Roldanes desaparecieron por distintas salidas, y en su ignorancia de las calles de Zaragoza, esperó Biscuter diez minutos tras la última ausencia para salir a un parking y, ya en el exterior, ante el edificio central de Ibercaja. El jefe no iba a creer lo que él había descubierto y cuán cierto era que lo maravilloso a veces nos aguarda en Zaragoza y no hay que ir a buscarlo ni a Madrid, ni a Barcelona, ni a Damasco, ni a Samarcanda.

—Lo importante no es imaginar, sino descubrir en las cosas y en lo que pasa todo lo que tienen de imaginario.

Biscuter se detuvo emocionado por lo que acababa de decirse. Rebuscó en sus bolsillos para encontrar un cuadernillo y un bolígrafo y apuntó su pensamiento a la luz de una farola. El inspirado Biscuter se subió a un taxi y trató al taxista como a un chófer particular.

—Fermín, al Corona de Aragón.

Volviose el taxista, sorprendido.

—¿Y cómo sabe usted que me llamo Fermín?

La sorpresa era ahora de Biscuter. ¡El taxista se llamaba Fermín! Era su noche.

—No se me escapa el nombre de ningún taxista. Me basta mirarles el cogote y digo: Pepe... pues se llama Pepe... Fermín... ya ve, he acertado.

—¿Y sólo te pasa con los taxistas, espabilao?

No creyó percibir Biscuter ninguna sorna en la pregunta del «mecánico» y por si la hubiera le dio una propina de hijo de naviero griego con complejo de culpa y se metió en la discoteca del Corona de Aragón, concediendo un saludo menor al conserje. Encendió un purito Rey del Mundo que Carvalho compraba expresamente para él de uvas a peras, se metió las manos en los bolsillos, puso los hombros y las cejas en ángulo y se dejó llevar por una prepotencia que le aumentaba todos los tamaños. La dama evanescente estaba acodada en la barra trasmitiendo la impresión de que aquélla no era su noche, ni Zaragoza su ciudad, ni España su país, ni parecía suya la copa llena de un brebaje que se sentía mal bebido.

—He venido a darle las gracias, Irene.

No pareció reconocer a su interlocutor...

—Y si no me llamara Irene, ¿qué?

—¿Y si yo me llamara Peter... qué?

Rió Biscuter desde la cima de la noche y dirigió un ademán cariñoso a la muchacha que no se consumó en contacto.

—¡Pero si tú eres el tío de los futbolines...!

La supuesta Irene se puso contenta, bebió la copa de un trago y sus ojos lanzaron estrellitas hacia su acompañante.

—¡Qué bueno lo tuyo, tío! ¡Cómo has dejado a aquel caretas...! Va por la vida presumiendo de parecerse a Roldán y es tan fofo de alma como de cuerpo, y aún tiene el tío el bazo de bajarse los pantalones en público.

—¿No es tu...?

—¡Nada! ¡Qué va a ser tío mío ése! Yo tengo todo lo que necesito. Mi marido me espera todas las noches hasta las cinco de la madrugada y besa por donde piso... ¿Cómo voy a sentir yo algo por ese piernas? Me parece que antes vendía coches y en plena crisis le ofrecieron venirse a Zaragoza y pasarse todas las noches jugando al futbolín y cosas así... Oye... ¿Te han dicho que tienes un tipito precioso de hombre portátil? Mi marido también es chiquitín... chiquitín...

El camarero secundó la orden de Biscuter, rellenó la copa de la mujer, repuso el whisky en el apurado vaso del hombre y dedicó a la pareja una mirada que reflejaba su profundo escepticismo sobre el porvenir de la humanidad.

—Y es que está buena Zaragoza... ¿Leiste en el *Heraldo de Aragón* lo que contaban el otro día del alcalde y Agustina, su ligue? ¿Os creéis que estas cosas sólo pasan en Madrid o en Marbella?

—Las capitales autonómicas ya no son lo que eran, y Zaragoza, como todas, es la moderna Babilonia. Me gusta cómo mueves los labios, Irene.

—¡Bingo!

—Quisiera que me contaras cosas... cosas... cosas... pero no aquí...

—Otra vez, ¡bingo!... Me dices unas preciosidades que nunca me ha dicho nadie.

Recogió el bolso que tenía sobre la barra, se lo puso en bandolera y ordenó:

—Paga y sígueme.

Salieron al hall, a la calle, la siguió Biscuter hasta el parking, subió al coche japonés de la titi y admiró su conducción serena por una Zaragoza entregada a miles de noctámbulos muertos de calor. Aparcó en un garaje privado, con ascensor directo a los pisos y nada más entrar en él cogió a Biscuter por el cogote y le comió los labios. Se enredó el hombre en la mujer liana y ya conseguía adaptarse a sus huecos cuando se detuvo el ascensor. Corrió en pos de la entregada hembra, se zambulló en el rectángulo de la puerta abierta y cuando quiso recuperar la lógica de la situación le pareció que algo había cambiado. La titi le miraba con cara de cachondeo y Roldán le tendía una mano... ancha...

19

—Las cinco mil pelas, julai... Te las he dado para que te fueras de putas, no para que me robaras la titi. Me las pones en la palma de la mano o te pongo yo la palma de la mano en esa cara de monito.

Roldán tendía la palma de una mano abierta y la titi reía como una loca, y tanta fue su risa que le vinieron orines y apretó los muslos hasta cruzar las piernas y así se fue corriendo hacia el interior del apartamento.

—Eres poca cosa pero te he visto en la cloaca y he pensado: a ese tío le pongo el pringue de la titi y se engancha. Debes de tener más hambre de sexo que un cosmonauta watusi. Ahora, larga... ¿de qué equipo eres? ¿De Interior?, ¿de Presidencia del Gobierno?, ¿de Defensa?, ¿de Obras Públicas?... ¿del conde de Godó?, ¿de Polanco?, ¿de Asensio?, ¿de los hermanos Ansones?... ¿de la burguesía catalana?... ¿de Mario Conde?... ¿de De la Rosa?... ¿de Jorge Valdano?... ¿de la Junta de Galicia?... ¿... fracción monseñor Rouco?... ¿... fracción Lendoiro?... ¿de la fontanería de los jóvenes sociólogos austrohúngaros?... ¿del *lobby* andaluz de Izquierda Unida?... ¿de «Mi abuelito tenía un reloj de pared» del PP? Tengo una lista completa de servicios secretos españoles y muy pobretón ha de ser el que te ha contratado.

El supuesto Roldán puso sus manazas sobre los hombros del desvalido, pero Biscuter se revolvió, tomó distancia y dis-

puso una defensa de karateka, con los ojitos estudiando los futuros movimientos de Roldán y las manos convertidas en hachitas que hendían el aire.

—¡Pues me ha salido karateka este desperdicio de clínica!

Roldán le largó una patada despreciativa y Biscuter, de un salto, se subió a un sofá donde prosiguió sus ritos karatekas para indignación suprema de su antagonista, que esta vez arremetió lanzando bofetadas al vacío porque Biscuter, de otro salto de bailarín del Bolshói antes de la caída del Muro de Berlín, se situó a la espalda del sorprendido Roldán, que por un instante no sabía dónde tenía a su enemigo. Mientras tanto, regresó la evanescente y no entendió lo que veía: Roldán la miraba vacilante como si estuviera a punto de caerse, y tras él Biscuter brincaba sobre sus piernas alámbricas al tiempo que movía los brazos como aspas y gritaba guturalmente:

—¡Orient!

—¡Qué graciosos estáis los dos!

Entre otras incontinencias tenía la de la risa la titi y Roldán mugió como un toro herido y embistió contra el alfeñique al que apenas alcanzó en el brinco de retroceso, tan afortunado que aun recibiendo un pequeño impacto de la cabeza ovoide, peor parte llevó el ariete porque demasiado confiado en topar con el obstáculo dio de bruces en el suelo, empezaron a sangrarle las narices y se quejaba o blasfemaba según un ritmo paralelístico: queja... blasfemia... queja... blasfemia...

Compadecido Biscuter con el caído, le ayudó a sentarse en el suelo con la nula ayuda de la mujer, que seguía riéndose intermitentemente. No sólo sangraba la nariz de Roldán, sino que tenía un labio partido, y al abrir la boca para escupir la sangre, Biscuter pudo ver dos puentes de oro. Metiole la mano decididamente en la boca y le obligó a abrirla. Tres puentes de oro cuando, según el dossier, la segunda mujer en la vida de Roldán le había obligado a sacárselos porque lo consideraba una ordinariez indígena.

—De lo que estoy seguro es de que este Roldán es falso.

—¡Auxílienme!

Biscuter, con toda la mano metida en la boca de Roldán, pregonaba su descubrimiento.

—¡Dientes de oro!

—¡Por favor!

Pudo más en Biscuter la voluntad de servicio y fue al cuarto de baño. Revolvió en el botiquín, donde sólo encontró condones, vaselinas, pastillas de «éxtasis», y tuvo que conformarse con empapar de agua una toalla y volver al escenario del drama. Roldán parecía agonizar ensangrentado, sentado en el suelo, con la espalda apoyada en el dorso de un sofá. La titi había desaparecido. Biscuter se inclinó sobre el gimiente y le limpió la sangre de la cara, luego le obligó a tumbarse con la cabeza hacia atrás para cortar la hemorragia y dejó la toalla ensangrentada en su mano para que él mismo contuviera la hemorragia. Se quejaba el posible Roldán incongruentemente, mientras Biscuter trataba de hacerse una composición de espacio y tiempo.

—¡Usted no es Roldán!

—¡Ya se lo dije en los futbolines...!

—Pero va disfrazado de Roldán... como los otros dos. ¿Por qué?

El hombre se llevó una mano desmayada hacia el bolsillo interior de su chaqueta pero no tenía fuerzas para conseguir lo que quería. Con una cabezada propuso a Biscuter que le ayudara.

—Coja el billetero...

Le obedeció utilizando la punta de dos dedos.

—El papelico doblado con las Visas...

Biscuter extrajo el papelito y devolvió el billetero a su sitio con cinco mil pesetas de más, las que tan ofensivamente le había regalado Roldán el de los futbolines. Ya de pie, Biscuter desdobló el papel. Una gacetilla de anuncios de *ABC*: «ROLDÁN. Si usted se parece al ex director general de la Guardia Civil y habla con acento aragonés, escriba y envíe una fotografía al Apartado de Correos 7324, Madrid. Contrato temporal, mínimo 200.000 mensuales. Comido y vestido. ESTO ES HOLLYWOOD.»

20

—Nada es comparable a unas buenas pochas a la navarra, un chilindrón o el ternasco que guisaban en Casa Rogelio en Calatayud... por más que luego refinara mi paladar en Pamplona y Madrid, pero todos pertenecemos al paladar de la infancia. Nuestras dos lenguas son siempre maternas... Pero esta comida mora tiene un no sé qué...

La comida «mora», tal como la llamaba Roldán, había sido y seguía siendo exquisita... los palomos llenos de *foie*... el más conmovedor referente, aunque ahora Carvalho se entregaba a la gula de los higos rellenos de nueces y cocidos en zumo de naranja y azúcar que él guisaba alguna vez en su cocina de Vallvidrera y que el cocinero había ultimado ahora con unas gotitas de *arak*. Abdul presenció complacido más que secundó el banquete de Carvalho y Roldán, preocupado por algo que debía ocurrir y al parecer se retrasaba. Los amenazadores bailarines de flamenco se habían convertido en solícitos camareros y sommeliers que pusieron los vinos adecuados para cada plato y sobre todos ellos un glorioso Petrus 1976 al que Roldán hizo ascos porque no estaba fresquito, y ya ordenaba meterlo en el cubo con hielo cuando Carvalho llegó a tiempo de asir con fuerza la muñeca del camarero antes de que consumara la catástrofe. En bandeja de plata, Armagnacs y aguardientes de frutas con la etiqueta Chez Fauchon, y en dos cubos, Roederer Cristal Rosé a la poca discreción de Roldán, que no bebió otra cosa entre regüeldos y recuerdos de una aerofagia que le acompañaba desde las borracheras de juventud con vino gasificado.

—Las gentes de teatro, ésa es mi afición secreta, siempre hemos bebido mucho, mucho... El alcohol ayuda a perder tu núcleo personal central y a adquirir otras personalidades. Pero...

Cuando sonó la música y brotaron las bailarinas entre la vegetación, creyó Carvalho que era el acontecimiento esperado por Abdul, pero el anfitrión seguía al acecho y sólo se le relajó el rostro cuando de los imaginarios bastidores de la derecha emergió un evidente dignatario principal que obligó a la verticalidad a todos los presentes. Era un hombre fuerte, aunque el vestuario deportivo de pijo de Portofino aligeraba la peligrosidad que emanaba de sus músculos y la sonrisa descomponía en arrugas la cuadratura de sus facciones y hacía levitar la rotundidad de su mostacho. No dijeron su nombre, pero la solicitud con que le ofrecieron un sillón principal era reveladora. El recién llegado señaló condescendiente los restos del festín...

—¿Han cenado bien? En este hermoso lugar todo sabe bien.

—Estaba todo muy rico, excelencia... Si no lo hubiera estado se lo diría. Yo no tengo pelos en la lengua...

Parecía acostumbrado a la depilada lengua de Roldán, pero la autoridad no parecía dispuesta a contemplar danzas ni a pellizcar higos a la siria o a beber aguardientes, por lo que Abdul, interpretando sus deseos, dio una palmada y Roldán fue el primero en levantarse. Abrió camino el anfitrión, seguido por el recién llegado, y todos los demás atravesaron la puerta de la casa para acceder a lo que semejaba un inmenso plato iluminado en el que se reproducía el rincón de una vetusta aldea visigótica ocupada por dos bandos enfrentados que Carvalho creyó reconocer como «moros» y «cristianos» de las tradicionales fiestas celtibéricas recordatorias de la Reconquista. Actores y figurantes permanecían inmovilizados, a la espera de que se sentaran los visitantes, menos Roldán, que asumiendo protagonismo de presentador se situó entre los dos bandos y empezó a dar explicaciones.

—Excelencia. Va a comenzar un hecho histórico en la cinematografía siria, bajo la protección de Hafed al-Hasad, el rodaje de mi versión de una pieza gloriosa del folclore aragonés, el *dance* en el que se reproducen los pleitos entre moros y cristianos, pero adaptados al nuevo Orden Internacional en el que no tiene sentido la tradicional condición de perdedores de los moros, por ejemplo...

A una señal de Roldán un general cristiano se adelantó ante la cámara todavía silente.

General cristiano. Veinte mil cristianos vienen / sin confiar en los que aquí estamos / mira cuándo venceréis / la fuerza de los paganos...

General moro. Aunque vengáis cien mil / cristianos todos armados / no tememos vuestras fuerzas / con el auxilio y amparo / de Nuestro Dios verdadero...

General cristiano. Ea, cristianos valerosos / prevenios, preparaos / para pasar a degüello / a estos infames malvados...

Tomó el general moro la espada y la alzó al cielo.

General moro. Asistidme, Gran Mahoma, / que aunque vengan más cristianos / que tiene rayos el sol / quedarán despedazados...

Se inclinó el general moro, también Roldán y todos aplaudieron, vitorearon, incluso jalearon con ¡olés! lo sucedido. Luego estudiaron la expresión de la enigmática autoridad, y si no era de gusto tampoco era de disgusto. Finalmente habló la esfinge.

—*Je crois qu'il manque un certain touche brechtien...*

Cabeceaba Abdul totalmente de acuerdo y Roldán, perplejo, se volvía hacia Carvalho.

—¿Qué ha dicho?

—Que es poco brechtiano.

21

—¡Aquí en Damasco son un atraso! Aún me sale el tío con el distanciamiento brechtiano que ni se usa en Cuba. ¡Me van a hablar de Brecht a mí, a mí que fui seguidor de las tesis de Hormigón, uno de los más preclaros y sólidos mentores teatrales durante el antifranquismo!

La suprema autoridad se marchaba y saludó a distancia a los dos españoles mientras Abdul le hacía los honores hasta la puerta del jardín. Roldán aprovechó tan decisivas ausencias.

—¡Estoy hasta la coronilla de esta gente! Mucho socialismo islámico y por lo que veo mucho Brecht, pero aquí mucha revolución baasista de boquilla y mucha solidaridad islámica pero es la vista la que trabaja. Trato de meterles ideas nuevas en un cine tercermundista, mediante el ajuste posmoderno entre la tradición musulmana y la cristiana dramáticamente enfrentadas y a la vez unidas durante la Reconquista... Pues aún están en lo de la lucha de clases de la que los primeros en salir son los que la predican... Son como los comunistas: todo lo mío para mí y lo de los demás a repartir.

—¿A qué se dedicaba antes de disfrazarse de Roldán?

—¿Disfrazarme de qué...?

Miraba en todas direcciones por si habían oído a Carvalho.

—Yo soy Roldán... pregúnteme... Sé cosas que sólo Roldán puede saber de sí mismo... ¿Cuál fue el día más feliz de la vida de mi primera mujer, Angelines?... El día en que en mi condición de alcalde accidental de Zaragoza recibí a sus majestades y Angelines a mi lado... ¿Qué fruta cultivo en mis propiedades agrícolas de Mequinenza?... Melocotones... ¿Qué restaurante de Pamplona es mi preferido?... El Rodero... ¿Quiénes eran mis acompañantes en la famosa orgía reproducida por *Interviú*?... ¿Conoce usted a un tal Portabella? Es un comunista millonario catalán que monta unos *suquets*, una chorrada con cuatro pescados, en su casa de la Costa Brava todos los veranos y allí fui con una pareja muy especial... ¿Sabe con quién?

—Con Elisa. Salió la foto en varias revistas, pero nadie sabía qué comían, ni dónde.

—¿Lo ve?

Abdul había regresado dispuesto a facilitarles las cosas.

—Tendrán mucho de que hablar. Como dice el profeta, cada uno de nosotros vuelve a su patria cuando encuentra a un compatriota en el extranjero... Yo me retiro, y cuando usted lo desee, mis servidores le acompañarán al hotel.

—¿Ya te vas, tío? ¿No te tomarías una copita con nosotros?

—Luis, la noche es larga para vosotros, corta para mí.

Se despidió decididamente y en cuanto desapareció en el interior de la casa volvió Roldán a las condenaciones.

—¡No te jode, el profeta! Esa frase es de Mahoma como podría ser de Confucio o de Churchill. Es un falso... es un mandado de Al-Kassar y me debe respeto, pero si pudiera me pondría en órbita. Y aquí no se está mal, el mejor destino que me han dado.

—¿A qué atribuye usted esos Roldanes que actúan como ganchos en los bazares de Damasco?

—Marketing. Sólo lo que es marketing tiene derecho a vivir... Ya los ha visto usted. Imitadores de segunda que se han aprendido cuatro cosas de memoria y que no han captado que lo mío era un caso extraordinario de interpretación teatral... Más lejos que Brecht... El simulador dispone del territorio del mundo para dar el espectáculo y por eso cada vez son

más los actores convertidos en políticos. En el extranjero van muy buscados por los grupos de presión y las multinacionales después del éxito que tuvieron Reagan y el papa polaco... Son dos actorazos en el gran escenario del mundo y en cambio en los platós o los escenarios convencionales son mediocridades. Yo había hecho teatro aficionado en mi juventud inquieta e incluso dirigí cuadros escénicos... Recuerdo *La mordaza* de Sastre... En los más duros momentos de mi acción política siempre he pensado: ¿cómo hubiera reaccionado Hamlet ante este dilema? ¿Comprendes? Pero déjate de rollos, vamos a distanciarnos brechtianamente.

Siguió Carvalho a Roldán, que parecía el jefe en ausencia de Abdul y del prepotente que los había visitado...

—¿Quién era el visitante?

—Al-Razzak, el número dos o tres del régimen pero el que tiene la llave de los fondos reservados. Éste desaparece años y no necesita subir a la superficie, puede ir desde el lujoso subsuelo de Montreal hasta la avenida de la Luz de Barcelona, las minas del rey Salomón o las checas racistas subterráneas de El Cabo sin asomarse al mundo exterior. Es íntimo de Paesa, es una lástima que Paesa no esté aquí porque merece un conocimiento... Ése se ha follado a todas las mujeres hermosas e inútiles del mundo y no veas tú las reclamaciones que tiene. Esas tías están rodeadas de lo mejorcito y sus amantes acaban por establecer un *lobby* que los gobiernos reclutan cuando hay que hacer algo... reservado.

Unas altas puertas pintadas de verde con cenefas de purpurina dorada exigieron que Roldán las abriera de par en par y Carvalho dedujera que estaba en un harén, porque sobre dos o tres mil cojines distribuidos desde el cielo por el buen gusto de un dios menor y en torno de un surtidor de agua iluminada siete mujeres jóvenes, de desparramada desnudez, expresaron unánimemente qué sentían por Roldán.

—¡Otra vez ese pelma!

22

Pero las muchachas superaron el desdén inicial y lanzaron gemidos de alegría y de llamada.

—¿Quién es tu amigo... cara de melón...?

—Me llaman cara de melón y luego se ponen como locas —aclaró Roldán mientras se quitaba el disfraz de Lawrence de Arabia para quedarse en calzoncillos y calcetines largos—. Fíjate en mis calzoncillos. No son los que salieron en *Interviú*. De seda, tío, y me los envía Al-Kassar por docenas, de su proveedor de Roma, Casa Cenci... Es como no llevar nada... ¿Quieres ponértelos? ¿No te despelotas?

Carvalho parecía inapetente hasta que se le acercó reptando por los cojines una morena olivácea con las breves carnes desparramadas por aquella orografía de sedas.

—Mi nombre es Judith.

—¿Eres judía?

Bajó la voz para, con la excusa de decirle algo que sólo él debiera escuchar, comerle la oreja delicadamente mientras sus manos registraban a Carvalho y se inmovilizaban ante la dureza de la pistola sobaquera.

—Soy judía. Prisionera de guerra y obligada a prostituirme para salvar la vida. Mi pueblo me lo perdonará.

Ignoraba Carvalho si se refería al pueblo concreto en el que había nacido o a pueblo en el sentido de folclorismo étnico romántico decimonónico o pueblo según la estética del realismo socialista. Le expuso el trilema a la muchacha y aquellos ojos almendra de continente y miel de contenido se endurecieron cuando respondió:

—Para mí, pueblo responde a un ámbito étnico, político emocional dentro de la Cosmogonía más Total. Mi pueblo está en Israel y en Lanjarón.

—¿Tiene parientes allí?

—Conservo las llaves de la casa de mis antepasados. Fueron expulsados por aquellos reyes mal nacidos y bien llamados católicos, pero nosotros seguimos añorando Sefarad.

Roldán, ya en cueros, y enredado con las supuestas huríes, se llevó un dedo a la sien, en evidente advertencia de que la compañera de Carvalho no estaba en sus cabales...

—¡Pero está buenísima!

Y se dejó caer el fugitivo de todas las policías del mundo porque sobre él se habían precipitado las huríes gruñendo y dándole bocaditos, besitos, aunque una de ellas había aprovechado la melé para pegarle un codazo en las partes que le arrancó gritos de dolor, mal interpretados.

—¿Gozas, vida? —preguntó una abundante odalisca con el cuerpo lleno de bancales, a cuál más atractivo, de carnes fuertes aunque redondeadas por los excesos en los pasteles, como demostraba que mientras continuaba machacando con el codo los genitales del aullante Roldán, con la otra mano sostuviera un poderoso pastel rezumante de mieles y azúcares, mordisqueado en alternancia con una de las orejas del hombre aullante.

Carvalho iba a acudir en su ayuda, percibidor del doble juego que se le estaba practicando, pero las ventosas de satén moreno de Judith se le pegaron al cuerpo, su mano, como una paloma, voló bajo la camisa para pellizcarle los masculinos pezones hasta resucitarlos y luego se fue plácidamente hacia el sobaco sin dar tiempo a que Carvalho le impidiera tan sorprendente aberración. Y cuando quiso hacerlo, la pistola ya estaba en manos de Judith y Carvalho sentía el cañón en el parietal situado sobre la oreja que la muchacha unas veces le lamía o mordía y otras utilizaba cual embudo para filtrarle un mensaje.

—Pertenezco al Mossad... ya sabes con quién te la juegas. Estamos considerados como el primer servicio secreto del mundo. Nos iremos retirando poquito a poquito, como si quisiéramos un espacio íntimo.

Carvalho dudó entre darle un codazo en el pecho y desarmarla o secundarla y continuar su viaje entre la nada y la más absoluta pobreza. Pero el codazo podría provocar una lesión en aquellos pechos violetas, breves, bonitos y quién sabe si un cáncer de mama indeseable para aquella espléndida joven que aún debía ofrecer muchas sorpresas al género humano, incluidos los españoles. Como un síntoma de vejez, Carvalho se dejó secuestrar creyendo contribuir así a dar el relevo a nuevas generaciones, pausadamente, siguiendo el retroceso sinuoso de Judith sobre los almohadones. Roldán había conseguido recuperar el resuello y su cabeza pepino emergió de debajo de las nalgas de su principal opresora.

—¿Has encontrado tu chochito... eh... gallego...?

Carvalho no le contestó y Roldán recibió en pleno rostro el culazo de su torturadora, por lo que fue la última vez que Carvalho vio la cara de Roldán en Damasco. Y al salir del harén y toparse con los tres supuestos bailarines de flamenco o supuestos camareros y sommeliers y predisponerse a una situación violenta, vio cómo uno de ellos entregaba un traje militar a Judith para que se cubriera mientras hablaban en hebreo, por lo que dedujo que además eran supuestos cómplices de la muchacha. Judith cubrió su desnudez con una eficacia que denotaba práctica y se convirtió en un soldadito asido a un fusil ametrallador que exhibía urgencias. ¡Venga! ¡Vamos! Las urgencias se dirigían a él y no sólo eran gritos sofocados y ademanes, sino también golpes con la punta del arma progresivamente más molestos. Carvalho quiso demostrar que no estaba dispuesto a ser avasallado, pero no lo consiguió, porque esta vez le hundieron el fusil en los riñones obligándole a avanzar. Judith hablaba aceleradamente con sus compañeros, con esa aceleración expositiva que suele caracterizar a las chicas sefardíes cuando están seguras de sí mismas. Carvalho generalizaba osadamente, habida cuenta de que sólo había conocido a fondo a una sefardí en su vida. Trató de escuchar lo que hablaba entre sí el comando. Sólo entendió una palabra: Jerusalén...

23

Cloacas en Damasco. Un experto en cloacas probablemente sabría distinguir en qué parte la ciudad conserva el alcantarillado subterráneo turco y qué otra parte debe a los ocupantes franceses e ingleses el que sus excrementos corporales se separen para siempre de los espirituales. El mundo es un subterráneo continuo y es allí donde saben la verdad de lo que pasa en la superficie examinada por los más precisos periscopios. El subterráneo sabía antes que Bush y Gorbachov cómo iba a terminar la guerra fría. El subterráneo sabe antes que Felipe González, Mitterrand, Berlusconi... cuándo y cómo terminarán sus primeros papeles en farsas residuales. Lo que es posible y lo que no es posible se dicta desde oficinas sumergidas, siniestras, donde trabajan miles de profetas de lo obvio, ciegos. Pero dejó la filosofía de cloaca para preocuparse por el momento en que el comando del Mossad dirigido por Judith tuviera que hacerle salir del alcantarillado para llevarle, suponía, a Jerusalén. Había que pactar una salida honorable y se detuvo, obligando a que le clavaran en los riñones la boca del fusil ametrallador sostenido por su inmediato seguidor. Judith acudió con expresión reñidora respaldada por la enjundia de su traje de campaña que la hacía parecer un paracaidista apátrida.

—¿Problemas?

—Quisiera pactar. Uno de mis ayudantes habrá tratado

de ponerse en contacto conmigo en el hotel al que ni siquiera he ido... Allí debe de haber algún mensaje. Segunda cuestión: presiento que quieren llevarme a Jerusalén, por lo que deberemos atravesar la frontera clandestinamente... Hay un paseíto y no quisiera ni que me dieran un golpe para aturdirme, ni ingerir cloroformo, detesto el cloroformo, me parece una anestesia subdesarrollada, de posguerra...

—Por partes.

Judith interrogó al que había hablado con ella a la puerta del harén.

—¿Existe ese mensaje?

—Este... cierto... un mensaje boludo en el que se habla de guita y de apariciones...

El judío argentino, que tenía aspecto de bailarín de flamenco aunque igual podía ejercer de camarero, sommelier y miembro del Mossad, tendió un papel a Judith. Ella lo leyó para guardarlo después en uno de los seiscientos bolsillos de su uniforme de ángel exterminador y concluyó:

—Ni golpe en la cabeza, ni cloroformo...

—Ni inyección...

—¿Qué tal una capucha y esposas?

—Con ustedes uno puede entenderse... No en balde es un servicio secreto crisol de muchos servicios secretos, al igual que se dice que la Escuela de Traductores de Toledo fue una prueba de la tolerancia ibérica puesto que convivieron no sé cuántas culturas y lenguas hasta que las caparon y las cortaron, todas... ¡La tolerancia!

—¡Chist!

No había dicho todo lo que pensaba sobre los mitos de la tolerancia cohabitacional entre judíos, moros y cristianos, pero la pandilla tenía prisa y querían jugar a espías subterráneos concienzudos. En sus tiempos de la CIA, Carvalho recordaba otras reglas, y a cualquiera que se le hubiera ocurrido imaginar un futuro profesional de cloaqueros le hubieran tomado por infiltrado del KGB o quizá un loco por la novela gótica. Siguió la marcha entre cataratas que olían a pipí de *arak,* por lo que dedujo que arriba, en la tierra, estaría Abu bebiéndose unos cuantos litros de aguardiente anisado. Trataba de dialogar con Judith, que ahora marchaba ante él.

—¿Me dejarán ver Jerusalén? ¿Podré salir de las cloacas?

—Obedezco órdenes, pero comprendo su deseo. Jerusalén es una ciudad espiritual, aérea, levitante... lo contrario de las cloacas. ¿Ha leído usted a Saul Bellow?

—No recuerdo si lo he leído, pero seguro que he quemado alguno de sus libros. *Herzog,* creo recordar.

—¿Por antisemitismo?

—Odio los libros... sobre todo los que he leído...

—Bellow tiene un hermoso libro: *Ida y vuelta a Jerusalén*, del que me sé fragmentos enteros de memoria: «Jerusalén... el pensamiento está en el aire, el aire puro alimenta en Jerusalén; hasta los sabios lo dicen. El universo se interpreta a sí mismo ante tus ojos en la franqueza del valle, conformado en un revoltijo de rocas que termina en agua muerta. En cualquier parte mueres y te desintegras, aquí mueres y te mezclas.»

—Soy muy individualista, no me gusta mezclarme ni siquiera muerto.

—Sólo es una bella metáfora.

Caminaban ya una hora y el cabeza de marcha les impuso silencio y quietud. Se puso la ametralladora entre las manos y se acercó quedamente a lo que parecía una puerta de salida cubierta por anochecidas vegetaciones denunciadas por la luna. Metió la punta del arma entre las plantas, luego los ojos, finalmente la cabeza, miró, olió, emitió un sonido al parecer de mochuelo local en celo y le fue respondido por un mensaje de mochuela local dispuesta a que se cumplieran las leyes de la naturaleza. Judith le tendió el mensaje de Biscuter.

—No podrá leerlo ahora. Irá con una capucha hasta un helicóptero. Allí se la quitaremos y mientras volamos entonces sí podrá leerlo. Llegará a Jerusalén por aire. Recuerde: «El aire puro alimenta en Jerusalén.»

24

Biscuter leyó la gacetilla con autoridad y a continuación miró de hito en hito al herido a la espera de explicaciones.

—Explíquese el encausado.

—Yo estaba en el paro, se me acababa el subsidio y escribí, a ver qué salía. ¡Parecía de película! ¡Cientos de personas casi iguales! Yo me volvía loco. Miserable condición la humana, nos creemos seres excepcionales de uno en uno y cientos de personas son como nosotros. Luego la audiencia con el jefe de la oficina era privada y salías por una puerta secreta a las dependencias de la academia. Subterráneas. Tal como le digo. Ya no podías acceder al exterior, pero comías de puta madre, tres platos, café, copa, puro...

—¿Y el vestuario, qué tal?

—Era lo menos logrado. Monos, como si fuéramos fontaneros...

—¿Y este chollo a cambio de qué?

—Sólo tenías que estudiar un dossier sobre Roldán y prestarte a exámenes muy duros para demostrar que ibas empollado, como esos exámenes de las películas de espías. Luego me destinaron a Zaragoza, a mí y a cuatro más.

—¿No preguntó usted para qué?

—Nos dijeron que era un test de conducta social, para ver cómo reaccionaba la gente ante un fugitivo, porque en el día de mañana los ciudadanos deberán ser más vigilados y más vigilantes que nunca, a medida que tengan más libertad. ¿Comprende?

El herido se apretó la cabeza con las dos manos.

—¿Y si me dieras un chute? Majete. Tráeme una pastillica de esas del botiquín.

Le obedeció Biscuter para ganar su confianza, pero al poco de tomar el «éxtasis». Roldán empezó a sentirse a gusto y se olvidó de quién era, de dónde venía y a dónde iba.

—¿Quién maneja la operación?

—Tómate una pastilla y bacila... pendón... que pareces un Sherlock Holmes sietemesino.

—¿Quién es el jefe de zona?

—Ella. Es una mujer.

Roldán le enviaba una sonrisa inocente, con los ojos viajeros cruzados, como buscando los límites de las propias narices rotas. No iba a sacarle nada más y era urgente comunicar con Carvalho para transmitirle tan sensacionales revelaciones antes de que la titi viniera con refuerzos. Tomó precauciones durante la retirada. Sin novedad en el pasillo, ni en el ascensor, ni en la entrada, pero nada más doblar el pescuezo para comprobar qué le esperaba en la calle, su cara se topó con la de la mujer evanescente, apoyada en la pared, víctima de su cansancio físico y metafísico congénita. Fue un susto para ambos, y escarmentado Biscuter por tan peligrosa mosca muerta, tomó distancia y trató de marcharse sin perderla de vista, en un avance retirada cual cangrejo. Ella le seguía.

—Te esperaba para disculparme... Tendrás una idea caníbal de mí... Esta tía es una rajá... Yo de rajá nada... Yo contigo dabuten y en cambio con el basto ése no puedo, fíjate que me he dado el zuri por no verle.

—Todo está claro y ha sido un placer. De hecho ya sé todo lo que me interesaba.

Ella había conseguido ponerse a su paso, secundaba las

largas zancadas de las cortas piernas de Biscuter, con el rostro fascinado vuelto hacia él.

—¡Me pareces un chico tan interesante y tan deductivo! Yo no entiendo ni pegote. ¿Este tío es o no es Roldán?

—¿Me lo preguntas tú, que eres su titi...?

—¿Yo la titi de ese bacalao? Me contrató en una agencia de azafatas porque necesitaba ir a reuniones importantes bien acompañado y no se ha movido de El Tubo en un mes... Sólo me he puesto en pelotas un día y me dijo que estaba flaca, que muy vistosa para llevarme por ahí pero que en la cama quedaba como anoréxica, no sé. Oye, no corras tanto, que el único ejercicio que yo hago es cortarme las uñas de los pies.

Tenía que localizar cuanto antes a Carvalho para explicarle el sensacional descubrimiento: Zaragoza estaba llena de Roldanes y las cloacas de la ciudad se habían convertido en una red de encuentros y desencuentros de misteriosas gentes. Mentalizó el mensaje: «Mochuelo llama a mochuela. Epidemia de Roldanes. De cloaca en cloaca. Tengo un apartado de correos clave...» Por más que guardó un árido silencio de piedra berroqueña, la mujer le siguió hasta el hotel mientras le explicaba lo mal que estaba Zaragoza con el nuevo alcalde socialista de la facción de Guerra.

—Ahora resulta que ha hecho millonaria a su amante. Yo no sé qué les pasa a estos socialistas que lo de la distribución de la riqueza lo hacen en la cama.

También le acompañó a la habitación, siempre sin dejar de hablar, ni tener en consideración que Biscuter trataba de comunicar con Damasco en el francés retenido durante su curso de cocina de París para especializarse en sopas. Le costó sudores de agosto zaragozano y cuando deletreaba las últimas palabras vio a la dama fisgándole el billetero.

—¡Muy bonito...!

Iba Biscuter a poner orden cuando la muchacha poca cosa y desdibujada adquirió una sorprendente contundencia y le largó un puñetazo que le dejó sin sentido una décima de segundo después de que Biscuter pensase: esta mujer es peligrosa.

25

Nada más despegar el helicóptero, le quitaron la capucha. Judith envió el haz de luz de una linterna al mensaje de Biscuter que Carvalho sostenía tozudamente en una mano: «Mochuelo llama a mochuela. Epidemia de Roldanes. De cloaca en cloaca. Tengo un apartado...»

—De mochuelo a mochuela... ¿Qué quiere decir?

—Vida privada. Mi socio y yo nos queremos. Yo le llamo «mi mochuelito» y él me contesta «mi mochuelita».

—¿Es usted homosexual?

—Es una pregunta que me hago a mí mismo desde que descubrí el sexo.

Judith discutió apasionadamente con uno de los falsos bailarines. La linterna le servía ahora para estudiar el recorrido a seguir. Carvalho pensaba en el mensaje de Biscuter... rememorativo de una de las frases hechas del fetillo: cada mochuelo a su olivo y yo a mi casa. Biscuter le indicaba que regresaba a Barcelona, pero el mensaje parecía extrañamente interrumpido: «Tengo un apartado...» Faltaba la conclusión, o quizá se había producido una interrupción técnica de la que Biscuter no era consciente, de lo contrario habría repetido su mensaje. La discusión entre Judith y su socio se calentaba.

—¿Problemas?

—Se empeñan en dar un rodeo por Jordania. Realmente

es peligroso buscar la ruta más directa sobrevolando el Jordán porque significa pasar por los altos del Golán. Tampoco podemos dar un rodeo por Beirut porque hay intercambio de fuego otra vez en el sur del Líbano.

—¿Pero no han firmado ya la paz con Arafat?

—La han impuesto los norteamericanos y además Arafat no controla a su gente. Lo siento por usted. No podrá ver el mar de Tiberíades.

—Ya estuve en todos los lugares sagrados que me interesaban.

—Sólo hay lugares sagrados en la Tierra Prometida.

Dormitó incómodamente y cuando decidió despertar clareaba lo suficiente como para poder ver el Jordán en el punto en que mete sus aguas en esa reserva universal de cosméticos que es el mar Muerto. De reojo, Carvalho vio en el mapa la posición de Jerusalén en línea perpendicular al punto de encuentro del río con el mar interior, pero el helicóptero siguió hacia el sur sobrevolando las aguas aceitosas, hasta que en la vastedad de desierto blanco destacó una montaña roja trape-

zoidal en la que se distinguían muy arruinadas ruinas. Aterrizaron en el centro de la cima achatada de la montaña, equidistante de los bastiones que delimitaban su perímetro.

—¿Capucha?

—No hace falta. Luego esto se llena de turistas, pero a estas horas nadie puede verle, ni usted puede ver a nadie.

Por lo visto aterrizaban en un lugar cinco estrellas de la *Guide Bleu.* Desde el helicóptero había visto al pie de la montaña los tenderetes de venta de cosméticos y los albergues para las mesnadas de turistas que llegarían durante el día, flotarían en el oleoso mar Muerto, subirían en teleférico a la montaña sagrada y se comprarían unas sales de baño de recuerdo. Ése era el resumen depresivo de Judith, molesta por la banalización del lugar.

—Pero a estas horas es otra cosa. Impresiona... Aquí yace una de las ciudades más simbólicas del Israel eterno, Massada, una ciudad fortificada que los romanos asaltaron y destruyeron sin piedad en el año 73 de su era, Carvalho. Quince romanos por cada judío y les costó siete años apoderarse de esta montaña sagrada.

Israel también disponía de montañas sagradas, pero allí donde hubiera una montaña sagrada, Carvalho sabía por propia experiencia que acababa convertida en una plataforma política nacionalista y en una compleja industria de reliquias y productos alimenticios *fast food.* En Massada se confirmaba la rentabilidad étnica, también el negocio de explotación de los cosméticos producidos por el deshidratado mar Muerto, pero nada que se pudiera comer con una cierta ambición de bocado singular.

—¿Hemos venido a comprar cosméticos?

Judith estaba tan emocionada por pisar tierra sagrada que le insultó a voz en grito e hizo ademán de darle un culatazo con el fusil. Se contuvo pero de un empujón obligó a Carvalho a salir de la zona aventada por las aspas del helicóptero y a correr en dirección a uno de los restos arqueológicos. Dos hombres armados los esperaban, y mientras Carvalho lamentaba la marcha del helicóptero que le dejaba varado en lugar sagrado, le empujaban y obligaban a descender unos escalones en busca del suelo de piedra y polvo de tan escasa ruina. Judith permanecía a su lado. Los dos hombres armados los apuntaban desde el borde de la excavación, a dos metros de altura. Había sido un viaje estúpido para fusilarle en un lugar como Numancia. Pero el peligro parecía proceder de Judith, que le instaba a darle la espalda con la punta de la ametralladora, sin recurrir a la punta de la lengua. Y cuando se volvió, comprobó que el muro que tenía ante sí había sufrido la merma de la apertura de una puerta rectangular y más allá unas escaleras modernísimas le invitaban a descender hacia las entrañas de la montaña sagrada. La ametralladora y Judith le seguían. También la voz de la muchacha.

—Todos los caminos llevan a Jerusalén.

26

Las escaleras terminaban en una sala circular en la que los esperaba una vagoneta sobre raíles viajeros hacia un misterioso más allá que escapaba a su vista. Todo parecía recién hecho, recién desinfectado, pasteurizado para siempre, y la siguiente acción ni siquiera necesitaba señales porque no se establecía otra consecuencia lógica que subirse a la vagoneta y esperar a que Judith la accionase o lo hicieran desde un control remoto. La vagoneta se puso en marcha sin que Judith dejara de apuntarle con la ametralladora, y viajaron por el túnel a una velocidad progresiva que no aliviaba la vigilancia hostil de la muchacha. Carvalho iba acumulando fastidio por lo grotesco de la situación, pero hubiera sido inútil proclamarlo porque el ruido del artefacto los incomunicaba. Por fin se detuvo en su estación término particular y allí había más animación. Hasta una docena de personas uniformadas y aparentemente muy ocupadas en acciones que a Carvalho le parecieron indeterminadas, pero no tuvo tiempo de cambiar la primera impresión porque debía secundar la orden de avance de la ametralladora en sus riñones.

—¿Se puede saber en qué película de James Bond me han metido?

La ametralladora.

—¿Comprende usted que resulta bastante molesto ir de

cloaca en cloaca de la Historia sólo porque me han encargado que encuentre a un ex director general de la Guardia Civil megalómano?

La ametralladora.

—¿Sabe usted qué es la Guardia Civil?

La ametralladora otra vez, pero también la voz de Judith que recitó con una gravedad equidistante entre la de Margarita Xirgu y Núria Espert:

¡Oh ciudad de los gitanos!
La Guardia Civil se aleja
por un túnel de silencio
mientras las llamas te cercan.

Carvalho se volvió impresionado por tan correcta dicción y tan precisa entonación. Judith continuó recitando y trataba de gesticular como una eminente trágica lorquiana, aunque el fusil ametrallador, bien empuñado, no la ayudaba.

¡Oh ciudad de los gitanos!
¿Quién te vio y no te recuerda?
Que te busquen en mi frente.
Juego de luna y arena.

La música amansa a las fieras, pero García Lorca sólo lo consiguió fugazmente con la intrépida comando, quien de nuevo golpeó a Carvalho con una tozudez e inquina que el detective sólo había visto encarnada en los soldados japoneses durante la segunda guerra mundial en películas norteamericanas de selvas. Tuvo que continuar su calvario, pero no sin tratar de razonar su escaso sentido.

—Ignoro qué presupuesto general del Estado tienen en Israel y de dónde sacan para tanto como destacan, pero ¿usted ha calculado la cantidad de pasta que se han gastado para traerme aquí? A cambio de nada. No sé dónde está Roldán. ¿Y usted?

García Lorca había enmudecido. Otra vez la ametralladora exasperante, aquella imbécil exasperante disfrazada de soldadito, aquellas instalaciones exasperantes que sólo se justificarían como alveolos de misiles atómicos. Pero la excursión terminaba ante unas puertas imponentes, sin duda repescadas del Templo de Salomón, subastadas por la Sotheby's, y al abrirse todo era moqueta y mesa de palo santo de sala de juntas y cuadros de Bacon y Miró y esculturitas de Botero que reproducían esta vez a gorditas. En torno de la mesa de juntas cuatro o cinco severos seniors procedentes de una misma remesa biogenética leían periódicos relajadamente, atentos de vez en cuando a los restos de desayuno que permanecían en las bandejas individuales. La irrupción de Carvalho encañonado por un fusil ametrallador y Judith cejijunta cazadora de tan codiciada presa no alteró la rutina de los allí presentes, aunque a uno de ellos se le escapó un cierto mohín de fastidio y dirigió una mirada agria al dueto épico que acababa de interrumpir el *breakfast* en una de las mejores alcantarillas de la fontanería universal.

—¿Y bien?

Interrogó el más cejas altas del quinteto. Judith se cuadró.

—Oficial Werfel de operaciones especiales Plus Ultra.

—Descanse, oficial.

—Sí, sí... que descanse... —apoyaron los otros.

—Explíquese.

—Terminal operativo Damasco-Roldán. Se ha cumplido el circuito táctico previsto y han funcionado todos los enlaces a la perfección con todos los obstáculos hipotéticos solventados.

Dejó el jefe el periódico junto a su desayuno inconcluso, abandonó el parapeto de la mesa, tendió una mano a Judith.

—La felicito, oficial Werfel.

Luego se dirigió a Carvalho, al que tendió la mano.

—Y a usted también, comandante, supongo... le felicito...

Judith no acertaba en la aclaración del malentendido.

—Se trata de un prisionero...

—Muy convincente.

—... real, señor, es un prisionero real...

—¿Habéis oído?

Cinco rostros iracundos pedían explicaciones a Judith.

—¿Un prisionero real?

27

Nada más recuperar el conocimiento, Biscuter también quiso recuperar su mandíbula y hacia allí se llevó una mano. Estaba esposado y viajaba en un coche. A partir de estas comprobaciones debía ampliar todo lo posible cuál era su estar en el mundo. Conducía la muchacha falsamente poca cosa, era noche cerrada y la ausencia de vida a uno y otro lado de la autopista le incitó a pensar que tal vez estaban atravesando los famosos Monegros, aunque poco había viajado él en su vida como no fuera los repetidos cruces de la frontera de Andorra cuando vivía en el principado y robaba todos los fines de semana los coches más bonitos que veía. Se ponía unos pantalones téjanos, unos zapatos de gamuza, se peinaba como Paul Anka porque le parecía más melódico Anka que Presley y se iba a «fardar» de coche andorrano en una España sometida al Seat como coche único. Sus escenarios preferidos eran las discotecas de La Seo en tiempos de quiero y no puedo de la modernidad franquista y algunas veces había llegado más abajo de Lérida, a Mollerussa, donde ejercía un compañero de cárcel, el famoso «chulo de Mollerussa» casado con una rica heredera. Le venían los recuerdos al run-run de la carretera que los llevaba a Lérida, a juzgar por los rótulos, y quizá a Barcelona. A donde quisiera aquella titi. Reunió las mejores cuerdas vocales para pedir explicaciones.

—¿Puedo considerarme su prisionero?

La mujer volvió hacia él todas sus escaseces.

—¿Ya te has despertado, mochuelo? Tutéame. No soporto que me hablen de usted.

Ella se estremeció y asió el volante como un protector.

—¡Como prisionero de guerra sucia, exijo que se me informe sobre la naturaleza del bando que me ha detenido y el lugar al que me llevan!

—Como prisionero de guerra sucia no tienes ningún derecho, mamón. Pero me aburro conduciendo y voy a elevar tu nivel cultural, porque personalmente no tengo nada contra ti. Al contrario, me caes dabuten. Yo pertenezco a los «cerdos ibéricos», corazón, nos consideran neofascistas, pero es por ganas de encasillar. Estamos en un trabajo muy coordinado en el que participan muchos servicios paralelos. No te pongas neura y todo saldrá dabuten. Anda, duérmete o te sacudo otra vez. No vamos por la autopista para que no te venga la ocurrencia de pedir socorro en los peajes, por lo que me vería obligada a dejaros hechos dos coladores a ti y al del peaje, que suelen ser padres de familia sin alternativas laborales. Ahí tienes whisky y gelocatiles en el mueble bar, por si te duele la barbilla.

Se recostó Biscuter en el asiento trasero de aquel coche tan de lujo que era un Jaguar y a esa virtud se debía la sensación de que el asfalto apenas oponía resistencia.

—¡Hosti! ¡Un Jaguar!

—Y todo para ti, bonito.

Del mueble bar de cristal e iluminado se sirvió un whisky Knockando con hielo y dos gelocatiles. No luchó contra el sueño y de él salía si la titi reducía marcha y finalmente cuando sintió que se había detenido en el final de trayecto. Se abrió la portezuela más próxima a su cabeza y dos manos enormes le cogieron por los hombros, tiraron de él y cuando pensaba que iban a dejarle caer contra el suelo fue una camilla la que recibió su entumecido cuerpo. No podía ver la cara

del que llevaba la camilla, ni arrojarse en marcha pues la flanqueaban dos *skinheads* uniformados a la perfección, mientras la mujer abría paso empujando puertas obedientes. Circulaban por un largo túnel iluminado por un casi constante tubo de neón y segmentado de vez en cuando por puertas batientes. Otro subterráneo. Sin ventanas. Quiso saber la hora... ¡Le habían quitado el reloj!... y... ¡la cartera!...

—¡Mi cartera! —gritó.

La mujer le dedicó una mirada desdeñosa.

—Catalán tenías que ser.

—¿Qué catalán ni qué leches? Llevaba doscientas mil pelas que me había dado mi jefe... Y llevaba una foto de mi madre. La única que conservo.

—He pagado el hotel... Ya te daré la foto de la asquerosa de tu madre. Yo una madre como ésa ni la recordaría.

Inaudito. Ni siquiera había dormido una noche en el hotel... La camilla llegaba a su destino y todo le indicaba que podía ponerse de pie y así lo hizo para continuar sus demandas sobre el billetero.

—¡Yo te he visto fisgando en mi billetero! ¡Sólo tú has podido quedarte la pasta!

La desganada ni le hacía caso, los *skinheads* portadores no parecían interesados en el conflicto, por más que Biscuter trataba de implicarlos, y cuando se puso demasiado pesado le escupieron sin mirarle y con extraordinaria puntería. Fue en el mirar y remirar a su alrededor para pedir explicaciones y justicia cuando percibió un rostro vagamente conocido. A una distancia suficiente, permanecía con los brazos cruzados y media sonrisa comprensiva uno de los aragoneses que habían contratado a Carvalho. El más chupado: P. N. F.,... el cantor de jotas... Se quedó Biscuter traspuesto, oyendo sin oír lo que P. N. F. le decía a la mujer.

—Estoy de los «cerdos ibéricos» hasta los mismísimos... No hay servicio en el que no desaparezca algo.

—Gran Hermano, la propiedad privada es un robo.

—Que salga ese dinero o me quejaré al Gran Consejo. —Y luego, con gran despliegue de encías y dentadura—: Mi querido Biscuter, nos volvemos a encontrar en una situación poco propicia para usted.

28

Las bandejas con restos de desayuno le habían convocado el apetito. Estaba sólo en lo que parecía el recibidor de la consulta de un dentista espacial, pero las dos azafatas que se le acercaron bien predispuestas parecían hermanas gemelas de la misma camada que las conocidas en la cloaca de Cigales.

—Estamos aquí para cumplir sus deseos.

—Desayunar... es mi máximo deseo...

—No tiene más que pedir... ¿Continental? ¿Americano?

—No es por un afán de ofender los preceptos dietéticos de su teología de la alimentación, pero quisiera mucho cerdo: dos huevos fritos de cerdo, tocino de cerdo, salchichas de cerdo, jamón de cerdo, queso de cerdo...

—¿Café? ¿Zumo de naranja acaso?

—Café de cerdo, zumo de naranja de cerdo, con champagne de cerdo, si puede ser un Roederer Cristal.

Esperaba que se abriera la puerta del salón de juntas donde presumía un duro encuentro entre la obcecada kamikaze y sus jefes. Pero antes reaparecieron con una celeridad incomprensible las azafatas portadoras de un carrito sobre el que se amontonaba el desayuno más tóxico que jamás había tomado en su vida.

—¿Ya lo tenían preparado?

—Estaba previsto en el cálculo de probabilidades. ¿Un zumito?

—Champagne, ¿quizá?

—*Fiftie... fiftie,* camaradas... Así desayunaba Churchill, aunque él utilizara zumo de naranja y Dom Pérignon.

Mediaron la copa con un recién exprimido zumo de naranja y la llenaron con Roederer Cristal abierto por las manos de satén de la muchacha que tenía el culo más bonito, contemplación obligada porque la larga trenza le llegaba hasta donde la cintura deja de serlo como si actuara de elemento semiótico. Empantanado en el culo estaba Carvalho cuando bebió ansiosamente la copa y no tuvo tiempo de devolverla a la bandeja, porque el escaso mundo que cabía en aquel recibidor dio una vuelta completa y con él su cabeza y su conciencia.

—Bajo la responsabilidad del Mossad —creyó oír mucho después, al tiempo que creía ir sentado en una butaca de avión y cerca de la cabina, Judith asesoraba severamente a un preocupado piloto.

—Estoy solo en *bussines class.*

Trataba de expresar su contento a Judith, pero ella le masticaba junto a una oreja: «¡Nunca llegarás a Jerusalén!» Estoy

solo en *bussines class,* se dijo, como traspasándose una información satisfactoria, pero volvió a perder el conocimiento. Judith recitaba en un escenario lejano... lejano...

Los caballos negros son.
Las herraduras son negras.
Sobre las capas relucen
manchas de tinta y de cera.
Tienen, por eso no lloran,
de plomo las calaveras.

De vez en cuando le parecía como si le comprobasen el pulso a alguien que era él.

Jorobados y nocturnos
por donde animan ordenan
silencios de goma oscura
y miedos de fina arena.

El avión aterrizó y Carvalho se vio aupado por los brazos de los auxiliares de a bordo que le permitieron bajar la escalerilla sin poner los pies en los escalones, ni pisó el supuesto aeropuerto porque le depositaron delicadamente en el interior de una caja que empezó a moverse y a emitir alarmas de ambulancia. ¿Tan mal estoy?

Pasan si quieren pasar
y ocultan en la cabeza
una vaga astronomía
de pistolas inconcretas.

Ni una ventana al exterior para ayudar a orientar a unos ojos que empezaban a recuperar su musculatura. Las ambulancias también llegan a su destino y esta vez pudo bajar por su propio pie para encontrarse en un evidente sótano. Pero había desaparecido definitivamente Judith, la recitadora. Alguna vez había leído que las novelas policíacas deben transcurrir de noche, y cuando se llevan al cine todo lo que era día debe volverse noche. Estaba viviendo una novela histórica y apenas había salido de sótanos, subterráneos, cloacas, alcantarillados. Le vino al encuentro una muchacha rubia, poca cosa... se repitió a sí mismo poca cosa, poca cosa, a medida que la iba recordando. ¡Era la que le había disparado a quemarropa a *Guijuelo* en el bar de Madrid! Pero ahora parecía una locuela simpática y azorada.

—No sabe el placer que experimento al poder saludarle, Carvalho. Sígame. Esto está lleno de sorpresitas para usted.

—¿Ha ocurrido algún desastre nuclear en la Tierra?

—¿Por qué lo pregunta?

—Llevo horas, días sin salir de sótanos, subterráneos, cloacas, alcantarillados.

—Leí en un artículo muy científico que en el futuro no podríamos respirar el aire de tan contaminado como estaría. Arriba se ve todo. Yo no sé qué pasa pero se ve todo. Hasta fotografían a las reinas en pelotas.

—¿Qué fue de *Guijuelo*?

—¡Qué fisonomista es usted! ¡Me ha reconocido! No sea malo. Fíjese qué sorpresa le habíamos preparado.

Abrió una puerta de par en par. Biscuter estaba contando afanosamente los billetes de un fajo y P. N. F., a su lado, como un sonriente gran hermano, le advertía de que alguien muy importante acababa de llegar. Biscuter alzó la cabeza y descubrió a Carvalho y su odiosa perseguidora.

—¡Cuidado, jefe, que esta tía es peligrosísima!

29

—¿Ya tienes tus pelas? Este alfeñique sólo piensa en las pelas... —Escupió la mujer todo su desprecio a Biscuter, pero P. N. F. la censuró con la mirada y le indicó que se fuera—. A tus órdenes, Gran Hermano.

Apretó los ojitos y los dientes P. N. F. y no los abrió hasta que la poquita cosa rubia salió de la habitación. Suspiró aliviado y tendió efusivamente una mano a Carvalho.

—Esta moza me crispa, es de esas personas que el Fundador habría clasificado como de «...la clase de tropa». Masa. Pero la masa es necesaria para que pueda haber caudillos. También lo supo ver el Fundador: «Tú no serás caudillo si en la masa sólo ves el escabel para alcanzar altura. Tú serás caudillo, si tienes ambición de salvar todas las almas. No puedes vivir de espaldas a la muchedumbre: es menester que tengas ansias de hacerla feliz.» Pero a veces no puedes mantenerte en estos niveles de grandeza de espíritu, cuando conoces a esta «masa» de uno en uno. Son *terminators* manuales, sin escrúpulos. ¿Se acuerda usted de mí? Vaya noche pasamos. ¿Recuerda?

Cerró los ojos otra vez. Tomó aire, se le hincharon las venas del cuello y cantó:

Por dar un beso a una moza
pagué de multa diez riales;

no hi visto cosa más cara
poniendo los materiales.

—¿Qué tal? Tiene mucho mérito porque ni siquiera soy aragonés, ni navarro, ni riojano, tierras de las que brotan voces de jota como si fueran sarmientos. Pero el Señor me dio el don de imitar los acentos y asimilar los folclores. Me llamo Pablo Nidal Fernández y soy el responsable rotatorio de esta operación. Me llaman el Gran Hermano, en homenaje al espíritu de Orwell y porque el tinglado se organizó en 1984, cuando ya era casi evidente que el Gran Hermano no vendría del Este y habría que establecerlo en el Norte Fértil. Dentro de seis meses cederé mi puesto a un representante de otro colectivo, lo importante es que todo esté bien atado así en la tierra como... en las cloacas.

Rió jovialmente y señaló a Biscuter:

—He pagado a su socio el resto de nuestro compromiso. Otros tres millones...

—En dinero negro, jefe —apostilló Biscuter, las manos llenas de fajos de miles de pesetas.

—Son «fondos reservados» —corrigió don Pablo.

—¿Me paga sin haber encontrado a Roldán?

—Han encontrado a muchos Roldanes y nosotros sólo le pedimos uno. Han cumplido de sobra. Han demostrado que el circuito funciona, que lo tenemos todo bajo control sin necesidad de subir a la calle ni hacer caso de lo que digan los periódicos, las televisiones... Vana palabrería liberal. ¿Recuerda el mito de la caverna?

—No leo libros. Los quemo.

—Ahora es exactamente al revés de como lo imaginó Platón. Ustedes allí arriba ven las sombras de la realidad y nosotros desde aquí abajo se las proyectamos. Pasaremos tiempos de tremendos desórdenes, de insurrecciones salvajes espontáneas, de guerras civiles dentro de la aldea global... feroces...

pero aquí abajo una providencia subterránea estará al quite para que no se estropee el invento.

—¿Y Roldán qué pinta o pintaba en todo esto?

—Fue un accidente, como Chernóbil... Hubo una filtración, era un manirroto y se vio atrapado en la guerra de dossieres entre los capos. Empezó a hablar más de la cuenta. Sabía demasiado y ni siquiera sabíamos todo lo que podía saber. Él mismo se ha confesado «el basurero del poder», y entre esas basuras, fíjese, haga un somero resumen de cuestiones de Estado: ¿qué banqueros financiaron el golpe del 23-F? ¿Qué trama civil? ¿Qué embajadas extranjeras? ¿Qué militares? ¿Quiénes y cómo organizaron el GAL? ¿Cómo se establece y por qué el flujo y reflujo de la batalla entre el gobierno y ETA? ¿A quién abastece y cómo la industria armamentista española? ¿Qué pactos se establecen con narcotraficantes para fijar los límites de lo que puede y debe absorber el mercado español y europeo? ¿Cuántos intentos de golpes de Estado ha tenido que abortar el gobierno del PSOE entre 1982 y 1987? ¿Qué presiones se recibieron para el alineamiento en la OTAN o para la toma de posición en la guerra del Golfo?... Todo eso forma parte de la sabiduría de nuestro subsuelo y de jefes de alcantarillado como Roldán. No podíamos controlar a un solo Roldán sin destruirlo, pero podíamos sembrar el mundo de Roldanes hasta hacerlo inverosímil como persona e increíble dijera lo que dijera. Fue fácil. Una convocatoria de dobles. Un curso de adiestramiento y luego los repartimos por el mundo... de acuerdo con la trama de servicios secretos mejor organizada de la Historia. A ustedes les ha tocado el Mediterráneo oriental.

—¿Has contado el dinero, Biscuter?

—Hasta la última pela.

—Vámonos. ¿Es posible?

—No faltaría más.

—No me gusta usted, Gran Hermano. Tiene cara de ser del Opus.

Don Pablo le tendió un libro: *Camino, en cheli.*

30

—Tiene usted una intuición asombrosa. ¿Ha pertenecido a la Obra? No me consta en su ficha.

—Tenía olfato para detectar a gente del Opus hasta los años setenta. Luego ustedes cambiaron de desodorante.

—Era del Opus y volveré a serlo. Digamos que estoy en un período de excedencia, mientras participo en la operación «fondos reservados»... a título personal, desde luego. La Obra no se compromete con los empeños varios de sus asociados: unos organizan una nueva Teología de la Liberación, pero no como la de los jesuitas... Menos Liberación y más Teología. Otros se infiltran entre la juventud de la «ruta del bacalao» y utilizan esta preciosa versión del libro del Fundador. Mire... Un ejemplo: «Obedeced como en manos del artista obedece un instrumento...» El cheli: «Vas de bueno como una bicicleta bajo el culo de Indurain...» Y otros: «¡Qué bien has entendido la obediencia cuando me has escrito: obedecer siempre es ser mártir sin morir»... «Has cogido onda, tío, sobre el ir de bueno cuando me pones en la papela: ir de bueno es ir de Pantoja pero sin espicharla...» ¡Cómo le habría gustado al Fundador este genial esfuerzo filológico!

Biscuter se retrasó hojeando el libro y maravillándose de vez en cuando ante los alardes. El Gran Hermano abría marcha por un túnel muy parecido al alcantarillado de Cigales, con oficinas adosadas y cañerías nutrientes de desperdicios.

—Ahora estamos bajo la plaza de Sant Jaume de Barcelona, esas cañerías van hacia el Palau de la Generalitat y esas otras hacia el Ajuntament y por aquellas más pequeñitas nos llega toda la información necesaria de los antiguos comunistas, ahora llamados Iniciativa per Catalunya. Estamos cerca de unos túneles secretos históricos por donde trataron de huir los judíos barceloneses en el progromo de comienzos del siglo XV, y en buena parte proceden de la ciudad romana sepultada bajo todas las invasiones de todos los bárbaros. Cada época tiene sus bárbaros y nosotros hemos descubierto que la mejor manera de esperarlos y vencerlos es controlar el suelo y el subsuelo. Pero quiero hacerle un regalo. Un regalo filosófico. La filosofía consiste en un lento desnudar a la diosa hasta llegar a la verdad última, sin ropajes accidentales. Quiero que usted vea al Roldán verdadero. Ni vivo ni muerto. Yo los dejaré junto a una boca de alcantarilla determinada y ustedes se han de limitar a subir.

De momento aún se movían por la trama construida con los fondos reservados de la «modernidad», pero las humedades y los malos olores anunciaron que se acercaban a las cloacas diseñadas por el optimismo higienista de la burguesía de la primera revolución industrial.

—Atraviesen ese arco y pasen a una vetusta alcantarilla maloliente. La primera escalerilla a la derecha, la suben y saldrán cerca de la calle de la Cadena. Nada más entrar en ella verán una cola de pedigüeños que esperan su turno en un comedor de caridad, o quizá a esta hora ya estén dentro... Usted, que es un gourmet... no se lo pierda y recuerde lo que dijo el Fundador: «Si perseveras, subirás.»

Quedaba el Gran Hermano rotatorio a sus espaldas y Carvalho dudó en decirle lo que tenía ganas de decirle a guisa de despedida. Se decidió.

—Adiós Fu-Manchú.

No pareció entenderle, pero por si acaso perseveraron en la huida y en la subida a la calle del Hospital a pocos pasos de la calle de la Cadena. Ya no había cola para la sopa boba y Carvalho no hizo caso de Biscuter, que buscaba la traducción de la última consigna del Gran Hermano. Por fin, proclamó alborozado:

—¡Lo encontré, jefe, lo encontré!: «Si te pones plasta conseguirás ser gerente del Corte Inglés y verás a Dios.»

Se adelantó Carvalho adentrándose en un comedor lleno de perdedores absolutos de la sociedad de los tres tercios y entre ellos Roldán, con una extraña cicatriz en la frente que inclinaba sobre un plato de ensaladilla amarillenta. De sus labios pendía una gota de saliva y de sus ojos enrojecidos le colgaban las miradas.

—¿Es usted Luis Roldán?

No hubo respuesta.

—¿Don Luis Roldán, ex director general de la Guardia Civil?

El hombre se llevaba las cucharadas de ensaladilla a la boca sin otro horizonte propicio que el plato lleno de amarilleces.

Carvalho le señaló la cicatriz.

—¿Quién le ha hecho eso?

Biscuter ya estaba junto a Carvalho. Se le habían acabado las ganas de proseguir sus investigaciones filológicas y una tristeza espesa como una melaza le bajó desde el cerebro a los pies. Allí se quedó la mirada de Biscuter mientras Carvalho insistía.

—¿Recuerda el día en que recibió al rey con Angelines?

En vano hizo un rápido inventario de recuerdos importantes en la vida de aquel cerebro mutilado, hasta que Biscuter intervino con una voz rota.

—¿Qué horas es, *relojero*?

Enfadado, Roldán le enseñó un reloj que no llevaba y gritó, iracundo:

—¡Está usted retrasando la cadena de producción de mierda! ¡A este paso nunca vamos a llegar a la modernidad!

POSDATA

En un momento determinado puede aparecer, vivo o muerto, un Roldán que será considerado oficialmente el verdadero. No será cierto. *Roldán permanece para siempre, ni vivo ni muerto.*